류승연

질문하는 사람.

궁금한 것, 애매한 것, 느린 것, 답답한 것, 아무것도 참지
못하는 성격 급한 기자였다. 눈앞에 떨어진 일, 내 손에
주어진 일을 잘하는 게 우선이라고 생각했다. 사회부를 거쳐
정치부 기자로 6년 동안 국회를 출입하며 갈수록 더 빠르게
일하는 바쁜 사람이 되었고 주변 사람들에게도 나만큼 빨리,
열심히, 잘할 것을 요구했다. 그러다 결혼을 하고 쌍둥이를
임신해 장애 아이를 낳았다. 발달이 느린 아들과 함께
살며 기다리는 법, 이해하고 참는 법을 배웠다. 차별적인
시선과 편견을 경험하며 배려의 중요성을 깨달았고 제대로
배려하려면 무엇이 배려인지부터 알아야 한다고 느꼈다.
궁금한 것은 여전히 못 참는다. 그래서 매일 현실의 문제들을
고민하며 듣고 쓰고 배우는 중이다. 그 과정에서 깨달은 것을
책이나 강연으로 알리고 있다.

『사양합니다, 동네 바보형이라는 말』과 『다르지만 다르지
않습니다』를 썼다.

배려의 말들

배려의 말들

마음을 꼭 알맞게 쓰는 법

류승연 지음

들어가는 말
배려는 이해에서 시작된다

남에게 친절히 대하는 게 배려인 줄 알던 시절이 있었다. 무례한 사람이 사방에 널린 세상인데 배려할 줄 아는 나는 얼마나 선하고 따뜻한 인간인가. 속으로 어깨도 몇 번이나 으쓱거렸다. 삶이 이어졌고 조금은 특별한 인생길로 들어섰다.

'엇, 이게 아닌데.'

다양한 일을 맞닥뜨리며 친절과 배려는 다른 문제라는 것을 알았다. 선한 마음으로 타인을 배려할 때마다 실수를 연발했다. 상대는 마음이 상했고 내 얼굴은 뜨거워졌다. 배려를 받을 때도 마찬가지였다. 선량한 마음에서 내게 베풀어진 배려에 마냥 웃을 수가 없었다. 왜 이런 온도 차가 발생하는 것일까? 배려란 뭘까? 어떤 배려는 상대의 마음을 어루만지는데 왜 어떤 배려는 당황스러운 반응으로 되돌아올까? 배려를 행하는 입장에서 옳은 배려의 말과 행동은 무엇이고, 배려를 받는 입장에서 필요한 마음과 태도는 무엇일까? 이 책은 이런 고민에서 출발했다.

할 수만 있다면 누구나 상대를 배려하고 싶어 하고, 나도 배려받고 싶어 한다. 배려가 오가는 사회의 풍경은 생각만으로도 따뜻하다. 그 따뜻함 속에 폭 감싸이고 싶은 건 비단 나만이 아닐 것이다. 서로 간의 심리적 온도를 높이는 배려는 품격 있는 사회로 나아가기 위한 기본 덕목이다. 하지만 애석하게도 우리는 배려에 대해 잘 모른다.

배려는 무엇이 배려인지 알아야 잘할 수 있다. 상황을 이해하고 타인을 생각하고 나 자신까지 살피고 나서야 적재적소에 맞는 배려를 주고받을 수 있다. 이뿐이 아니다. 존중, 태도, 차별, 혐오, 평등, 배제와 같은 우리 삶을 단단하게 하는 가치를 민감하게 살필 줄 알아야 배려를 주고받고 나서도 서로 낯 뜨거워지는 상황을 피할 수 있다.

내가 양손에 무거운 짐을 들고 지나갈 때 누군가 대신 문을 열고 기다려 주는 것도 배려지만 생각해 보면 우리는 그보다 훨씬 더 깊고 복잡한 수준의 배려를 일상에서 매 순간 주고받으며 산다. 인간은 혼자 살 수 없고 평생 관계 속에서 서로 영향을 주고받으며 산다. 관계 속에서 성장할 수밖에 없는 우리가 적어도 몰라서 하는 실수는 피할 수 있다면 그 또한 의미 있는 일 아닐까. 이 책이 그런 욕구에 목말라하는 이들을 위한 작고 단단한 '배려 안내서'가 될 수 있기를 소망한다.

이 책은 주로 타인과 주고받는 배려의 상황을 다루지만 '나를 위한 배려'에도 큰 비중을 뒀다. 배려하는 사람이 정작 자신은 배려하지 않으면서 타인의 마음만 살펴 상대를 배려하는 데만 힘을 쏟는다면 슬픈 일이다. 그 안에서 진정성을 찾기 시작하면 이내 공허해질 것이기에. 초고를 완성해 넘긴 뒤 주변 사람들에게 "나를 통째로 갈아 넣었어"라고 말했다. 인류 역사에 길이 남을 걸작을 만들기 위해 영혼을 바쳤다는 얘기가 아니다. 나라는 사람의 길지 않은 인생, 그 속에서 마주한 일과 사람, 나 자신까지 모두 소환해 집어넣었다는 뜻이다.

배려가 오가는 사회이길 바란다. 배려가 있는 사회는 그렇지 않은 사회보다 두 배는 더 웃을 일 많고, 열 배는 더 마음 포근해지는 곳일 것이다. 그런 사회 속에서 우리 모두 있는 그대로의 자신으로 배려받고 배려하며 살 수 있다면 더 욕심 낼 일, 바랄 것이 없다. 이 책이 그런 사회로 나아가는 데 아주 작은 보탬이 되기 바란다.

처음 시작하는 사람들을
배려하는 마음이 우리 사회에
너무 적어요.

은유, 『알지 못하는 아이의 죽음』
(돌베개, 2019)

001

생각해 보면 나는 회사 입장에서 참 유용한, 쓸모 있는 사원이었다. '까라면 까야지'라는 생각으로 무장돼 있었고 맡은 일은 최선을 다해 해내고야 말았으니까. 반면 후배들에게는 무서운 선배였다. 내 기준으로 후배를 대했기 때문이다. 한 마디로 나만큼 일을 못하면 구박했다는 소리다.

유독 구박을 많이 한 후배가 있다. '빨리빨리'를 입에 붙이고 사는 난 그가 답답했다. 사람마다 속도가 다르다는 것을 그때는 알지 못했다. 어느 날 그가 상담할 게 있다고 했다. 기자 일이 자신에게 맞는지 모르겠다며 다른 일을 찾아야 할지 고민이라고 했다. 단호하게 생각 잘했다며 더 나이 들기 전에 다른 일을 찾으라 했다. 후배는 말이 없었고 얼마 뒤 회사를 그만뒀다.

다른 일을 하며 잘 살고 있으려니 했는데 몇 달 후 다른 매체로 이직한 그를 만났다. 그때 알았다. 후배가 나에게 그런 말을 한 것은 정말 다른 일을 하고 싶어서가 아니었다는 것을. 자신을 있는 그대로 인정해 달라고, 조금만 배려하고 더 존중해 달라 호소하는 것이었음을.

세상일이라는 게 참 재밌다. '빨리빨리'를 입에 달고 사는 나에게 세상에서 가장 느린 아들이 왔다. 느린 아들과 함께 살며 작은 성장이 주는 기쁨이 얼마나 큰지 알게 됐다. 사람마다 속도가 다르다는 것을 말이 아닌 가슴으로 이해하게 되자 저마다 다른 상대의 속도를 배려할 줄 아는 사람이 됐다.

더 재미있는 사실은 이렇게 내 삶의 변화가 찾아온 후 그 후배와도 다시 연락이 이어졌다는 것이다. 어느덧 무서운 선배가 된 그가 내게 말한다. 그 옛날 무서웠던 선배에게 밥 한 번 대접하겠다고. 무서워진 후배에게 밥 얻어먹을 생각에 지금은 하나도 안 무서운 난 즐겁기만 하다. 인생 참 재밌다.

손을 흔들어 주어서 고마워요.
몇 번이나 몇 번이나
흔들어 준 손 고마워요.

요시모토 바나나, 『키친』
(김난주 옮김, 민음사, 1999)

002

국장님이 돌아가셨다는 선배 전화를 받았다. 정서룡 편집국장. 잡지사 기자로 일하다 신문사로 건너가 가장 먼저 만났던 직장 상사이자 기자라면 응당 어떤 글을 써야 하는지 방향을 잡아 주었던 인생 선배. 내게 몇 번이나 손 흔들어 주던 그가 세상을 떠났다.

그를 만난 건 2004년이었다. 신문사 기자로 출근해 처음 경찰서 출입을 하던 날, 그는 당시만 해도 마음이 여렸던 나를 '훈련'시키려 했다. 사건 취재를 지시하면서 경찰서장도 만나고 오라 했다. 만나 주지 않으면 서장실 책상이라도 뒤집으라며. 그렇게 기자를 교육(?)시키는 게 남아 있던 시절이었다. 권력 앞에서 기죽지 않는 '호랑이'가 되라는 의미였다.

멋모르고 경찰서에 간 나는 사건 취재조차 쉽게 안 되는데다 서장까지 만날 수 없다고 하자 당황했다. 책상을 엎으라던 얘기가 생각나 짐짓 세게 나갔는데 2000년대에 그런 갑질이 통할 리 없다. 오히려 형사에게 호되게 당한 뒤 화장실에서 훌쩍이다 사무실로 돌아갔고, 그런 날 보며 그는 빙긋 웃었다. 훗날 호랑이의 정체성을 지닌 기자(한때 민주당 당직자들에게 '독종'으로 불렸다)로 성장할 수 있었던 건 그 덕분이다.

출산 후 아이들을 키우며 매일 울기만 하던 시절, 글 쓰던 사람은 글을 써야 살 수 있다며 다시 글쓰기를 제안한 것도 그였다. 가끔 전화가 왔다. "승연아, 힘내라! 너는 내가 잘 될 줄 알았다. 승연아, 힘내라!" 매번 이 말만 하곤 전화를 끊었다.

언제나 힘내라고 말하는 사람, 몇 번이고 손을 흔들어 주는 사람, 늘 신뢰를 주는 사람, 그런 사람이 곁에 있는 것은 축복이다. 그는 무조건적 지지를 보내는 것으로 나를 배려했다. 내가 지금 처한 현실보다 더 나은 사람일지도 모른다는 믿음을 심어 주었다.

사는 건 시소의 문제가 아니라
그네의 문제 같은 거니까.
각자 발을 굴러서 그냥 최대로
공중을 느끼다가 시간이
지나면 서서히 내려오는 거야.
서로가 서로의 옆에서 그저
각자의 그네를 밀어내는 거야.

김금희, 『경애의 마음』
(창비, 2018)

어릴 때 엄마는 초등학교 교사였다. 남동생을 낳으며 일을 그만 뒀고 여동생까지 태어나자 오롯이 '엄마'라는 이름으로만 살며 아이 셋을 키웠다. 삼 남매가 어느 정도 컸다. 공부도 스스로 하거나 하지 않고, 밥도 스스로 차려 먹거나 먹지 않는다. 엄마의 손길이 덜 필요해진 시기가 온 거다. 그러자 엄마가 '엄마' 외의 이름을 찾기 시작했다. 교사 복직을 위해 순위 고사를 다시 본단다. 식탁에 앉아 공부를 시작했다.

오랜 시간 엄마로만 산 세월이 길어서일까. 첫 시험에 떨어졌다. 다음 해 시험에도 떨어졌다. 그다음 해 시험이 마지막이라 했다. 나이 제한에 걸려 응시 기회가 더 이상 주어지지 않는단다. 정말 열심히 공부했고 마침내 합격했다. 그렇게 마흔 살이 되며 엄마는 '엄마' 말고 '선생님'이라는 이름을 되찾았다.

그래서일까. 엄마 딸인 나에게 마흔이라는 나이는 안정감을 찾고 편안함을 추구하는 시기가 아니라 도전하고 새롭게 시작하는 나이로 인식됐다. 글을 쓰고 작가로서의 인생을 새로 시작한 것이 마흔 무렵이었던 것은 우연이 아니다. 여동생도 마찬가지다. 30대 후반의 나이에 그토록 바라던 글 쓰는 일을 시작했다.

부모가 자식에게 할 수 있는 최선의 배려는 자신의 삶으로 인생의 옳은 방향을 보여 주는 것이다. 자식은 잔소리를 통해서는 좀처럼 배우지 않지만 부모 모습을 보면서는 좋은 점도 나쁜 점도 무섭도록 배운다. 부모 모습을 지켜보다 자신이 배우고 싶은 점을 무의식중에 선택해 스스로 습득하는 것이다. 그러니 부모인 나는 내 인생을 잘 살면 된다. 내 그네만 잘 타면 된다.

배려는 선택이 아니다. 공존의
원칙이다. 사람은 능력이
아니라 배려로 자신을 지킨다.
사회는 경쟁이 아니라 배려로
유지된다.

한상복, 『배려』
(위즈덤하우스, 2006)

배려의 사전적 의미는 '도와주거나 보살펴 주려고 마음을 씀'이다. 여기서 핵심은 '마음'이다. 어떤 마음이 오가야 배려라 할 수 있을까? 배려의 말들을 찾기 시작했다. 한 가지 공통점이 보인다. '관심'이다. 배려는 상대에게 관심 갖는 마음이다. 관심을 갖고 역지사지易地思之하는 마음이기도 하고, 위로를 건네는 마음이기도 하며, 일상성을 회복하도록 돕는 마음이기도 하다.

그런데 상대에게 관심이 있어 돕거나 보살피려 마음을 썼더니 정작 반대로 받아들여지는 경우가 생긴다. 나는 배려한 건데 상대방은 무시당했거나 정서적 폭력을 당했다고 오해하는 상황까지 벌어진다. 이러면 억울하다. 괘씸한 기분도 든다.

'다시는 배려하나 봐라, 흥!'

이때 등장하는 게 '존중'이다. 배려하는 '나'가 앞선 나머지 배려받는 '너'를 존중하지 않으면 상대의 존재 기반이 흔들린다. 누가 어떤 모습으로 존재하든 있는 그대로 존중하는 태도가 더 중요하다.

여기까지 이야기하고 보니 배려, 배려의 말들은 인권 감수성과도 연결된다. '인권'이라는 말이 나와 버렸다. 이 말이 등장하는 순간 쉽게 접근할 엄두가 안 난다. 거리감도 생긴다. 하지만 인권이 제아무리 무게를 잡아 봐야 사람 사는 세상에서 일어나는 사람들 간의 일이다. 회피하거나 어려워할 필요가 없다. 내가 한 명의 주체성 있는 인간으로 정중하게 배려받고 있는 그대로 존중받고 싶은 것처럼 타인을 그렇게 존중하고 나 자신도 배려하면 된다. 그런 마음과 태도면 충분하다.

나는 오래전부터 상자에 담겨진
상태였다. 어쩌면 우리 모두가
그럴지도 모른다. 혹시 당신은
'까다로운 아이', '가식적인
연인', '따지기 좋아하는
형제자매', 혹은 '무던한
배우자'라는 상자에 들어 있지
않은가?

마틴 피스토리우스·메건 로이드 데이비스,
『엄마는 내가 죽었으면 좋겠다고 말했다』
(이유진 옮김, 푸른숲, 2017)

대상화란 어떤 사물을 일정한 의미를 가진 인식의 대상이 되게 하는 것이다. 예를 들어 주거지가 강남 혹은 강북이라는 이유로 그 사람을 '강남사람' 혹은 잘사는 사람, 반대로 '강북사람', 상대적으로 궁핍한 사람 취급하는 것은 '강남의 상자', '강북의 상자'를 덮어씌워 대상화하고 낙인찍는 행위다.

나는 '장애 아이 엄마'라는 대상화를 주로 당한다. "아들이 발달장애인이에요? 얼마나 힘들까, 힘내세요. 살다 보면 좋은 날도 올 거예요." 이런 말을 들으면 난감하다. 음, 꼭 힘들어야 하나요? 때때로 힘들지만 대체로 즐겁고 행복한데요. 나보다 상대가 더 불행해 보일 때도 많지만 장애 아이 엄마라는 이유로 위로받는 건 언제나 내 쪽이다. 엄마인 내가 이 정도인데 당사자인 아들은 말할 것도 없다. 사람들은 아들을 혈기왕성한 개구쟁이 초등학생으로 바라보기보다 불쌍한 장애인으로 보곤 한다. 불쌍해서 돕고 싶거나 혐오해서 피하고 싶거나.

대상화는 일상에 만연해 있다. 학력에 따른 대상화, 외모에 따른 대상화, 지역, 직업에 따른 대상화 등 사람들은 손쉽게 판단하기 위해 저마다 다른 대상화의 상자를 서로에게 덮어씌운다. 재미있는 사실은 내가 남에게 상자를 덮어씌울 때는 별생각이 없지만 내가 남들이 씌운 특정한 상자에 갇히고 나면 그제야 답답하고 부당하다는 생각까지 든다는 점이다.

그렇다면 해야 할 일은 명확하다. 대상화를 멈추면 된다. 고정관념의 상자를 발로 뻥 차 버리면 된다. 열린 시각으로 상대의 본질(알맹이)을 바라보려 애쓰면 된다. 있는 그대로의 나로 존중받을 때 배려받는다고 느낀다면 나부터 타인을 그렇게 대하면 될 일이다. 세상을 바꾸는 큰 변화도 그 시작은 개인이다. 나의 변화가 모든 위대한 변화의 시발점임을 잊지 말 것!

많은 사람이 부모의 고통을
자기 것으로 떠안는다.
그러나 불행을 함께 나누면
더 큰 불행으로 이어질 뿐이다.

마크 월린, 『트라우마는 어떻게 유전되는가』
(정지인 옮김, 심심, 2016)

슬픔을 나누면 반으로 줄어든다는 말이 있다. 나는 그 말에 반대한다. 타인의 슬픔은 타인이 감당해야 할 몫이다. 내가 할 수 있는 건 슬퍼하는 사람의 손을 가만히 잡아 주는 것이다. 함께 울어 줄 수도 있다. 그러나 내가 운다고 그의 고통이 절감되진 않는다. 잠깐의 위로를 줄 수 있을 뿐.

이 사실을 더 일찍 알았으면 좋았을 걸 그랬다. 어리고 젊었던 시절, 나는 타인의 고통과 내 고통을 구분하지 못했다. 특히 가까운 관계일수록 서로의 고통은 하나처럼 얽혀서 그와 함께 진흙 밭을 뒹굴었다. 고통을 나눴더니 줄어들기는커녕 배가 됐다. 부모님이 이혼했던 몇 해가 정점이었다. 내가 엄마인 듯 엄마가 나인 듯, 부모님이 이혼해서 슬픈 게 아니라 아빠와 이혼한 엄마로 인해 슬펐다. 엄마의 고통이 내 고통이었다. (몇 년 후 부모님은 재결합했다.)

부모와 자식은 분리되어야 했다. 우리는 서로 다른 두 사람이다. 분리되지 못한 대가를 오랜 시간 치른 후에야 그것을 알게 됐다.

이제 내가 엄마다. 아들이 발달장애인이다. 아들과 내가 분리되지 않았을 때 아들의 장애는 아들 인생의 장애이자 내 인생의 장애물, 우리 가족의 장벽이었다. 장애는 단지 장애일 뿐이라는 것도 그때는 몰랐다.

진짜 배려는 고통을 함께 껴안고 나누는 게 아니라 옆에서 손을 잡고 나란히 걷는 것이다. 얼마간의 거리를 두고 손을 살며시 마주 잡는 것, 그것이 서로를 살리는 진짜 배려다.

사람의 있을 곳이란,
누군가의 가슴속밖에
없는 것이란다.

에쿠니 가오리, 『냉정과 열정 사이 Rosso』
(김난주 옮김, 소담출판사, 2000)

"저, 부탁 하나 할게요."

길을 걷는데 한 할머니가 도움을 청했다. 술집 많은 데를 가야 하는데, 고모 집이 여기 근처인데, 어딘지를 모르겠단다. 치매구나. 단번에 알 수 있었다. 고모가 보고 싶어 집에서 나왔다고, 전에는 고모 집을 잘 찾아갔는데 이제는 못 찾겠다고, 기억나는 가족 전화번호도 없다고 말하는 할머니의 눈가가 촉촉이 젖어 있었다.

할머니에게 파출소 가서 기다려야 가족이 찾을 수 있다고 했다. 고개를 끄덕인다. 112에 전화하고 경찰을 기다리는 동안 앞으로는 가족 이름과 연락처 적은 종이를 늘 가방에 지니시라고 했다. 이런 일이 더 자주 일어날 수 있다고도 말씀드렸다. 할머니는 오늘따라 고모가 너무 보고 싶었다는 말만 되풀이했다. 자신의 치매를 정확히 인지하고 있었고 자신에게 치매가 찾아온 걸 매우 슬퍼했다. 그러다 갑자기 가방을 연다. 작은 핸드폰이 있다. 아들의 부재중 전화가 일곱 통. 얼른 전화해 모시러 오라 한 뒤 경찰에는 출동 취소 요청을 했다. 아들이 온다는데 할머니는 뾰루퉁하다. 아들이 못 나가게 한단다. 집에만 있게 하거나 병원에 보낸다며. 또 한 번 고모가 보고 싶다는 말만 되풀이한다.

아들이 왔다. 할머니를 집으로 모셔갈까 싶어 얼른 말을 건넸다. "고모가 보고 싶으시대요. 꼭 고모 집에 들러 주세요." 아들이 씁쓸한 얼굴로 웃었다. 순간 느꼈다. 아, 어쩌면 고모는 이미 돌아가신 분일지도 모르겠다.

치매 또한 인지의 장애. 인간의 삶은 비장애인으로 태어나 장애인이 되어 가는 과정이다. 다만 그 순서가 먼저 오거나 나중에 올 뿐. 장애인이든 비장애인이든 사람인 우리가 있을 곳은 누군가의 가슴속뿐이다.

남을 이해하고 사랑하는 마음도
중요하지만 그 사랑을 제대로
받아들일 줄 아는 마음도 그
못지않게 중요하다는 생각을
해 본다.

장영희, 『내 생애 단 한번』
(샘터사, 2010)

인천 가는 지하철. 넉살 좋은 아저씨가 짐 가방을 끌고 나타나 파스를 팔기 시작했다. 100장에 만 원. 약국의 비싼 파스보다 훨씬 좋으니 아픈 곳 많은 어르신들은 반드시 사야 한다고 강조했다. 그러며 여기저기 앉은 승객에게 파스를 전달하다 내 맞은편에 앉은, 80세가 훌쩍 넘어 보이는 할아버지에게 파스를 건넸다. "안 사셔도 돼요. 그냥 쓰세요. 아픈 데 많으시잖아요." 무릎에 파스를 건네받은 할아버지는 말이 없다. 한참 파스를 바라만 보다가 손가락 두 개로 파스 끝을 들어 옆자리에 휙 던져 버리고 다음 역에서 내렸다. 할아버지가 내린 자리에 중년 여성이 앉았다. 떨어진 파스를 보더니 재빨리 아저씨를 불러 "여기요, 이거 가져가세요" 하며 파스를 건넨다. 아저씨가 다가오더니 "그냥 아주머니 가지세요. 가지셔도 돼요"라며 하하 웃었다. 마침 그때 옆의 할머니가 "나도 하나 줘 봐요" 하고 만 원 지폐를 내밀었고 아저씨는 "이것 봐요. 좋은 일 하니까 또 좋은 일이 생기죠" 하고 말했다. 중년 여성은 고맙다며 생긋 웃고 파스를 가방 안에 넣었다.

아저씨 의도는 순수했다. 나이 많은 할아버지를 보며 어쩌면 아버지 생각을 했을지도 모른다. 팔려는 마음 없이 물건을 건넸지만 할아버지는 상대의 마음을 받아들일 준비가 되어 있지 않았다. '나를 무시하나?' 하는 마음이 들었을 것이라 짐작해 본다. 오물이라도 만지듯 손가락 두 개로 파스 끝을 잡은 모습에서 마음이 느껴졌다. 반면 중년 여성은 아저씨의 선의를 선의로 받아들였다. 덕분에 100장의 공짜 파스가 생겼다.

사랑도 그렇고 배려도 그렇다. 주는 것도 중요하지만 받아들이는 마음도 그 못지않게 중요하다.

한반도만 벗어나면 한국인
누구나 이방인이 된다.

문경란, 『우리 곁의 난민』
(서울연구원, 2017)

'다문화 가정'이라는 말에는 차별과 배제가 담겨 있다. 사전적으로는 문제없는 말인데 의미를 따져 보면 알 수 있다. 한국인과 결혼해 한국 국적을 취득하고 한국인 자식을 낳아 한국인 가정으로 살고 있는데 거기에 자꾸 다문화 가정이라는 말을 붙여 한국인 가정과 다르다고 강조한다.

문화가 다르니 당연히 다르지 않냐고? 아이고~ 문화는 서울 안에서도 다르다. 동쪽 분위기와 서쪽 분위기가 다르고, 강남 문화와 강북 문화가 다르고, 목동 문화와 연신내 문화도 다르다. 수도권과 비수도권 문화, 대도시와 소도시 문화는 또 어떤가? 문화의 차이는 군이 강조할 이유가 없다.

게다가 다문화 가정이라는 말에는 동남아권 국가를 향한 비하의 의미가 담겨 버린 지도 오래다. 사람들은 프랑스나 미국 이민자가 꾸린 가정을 두고 다문화 가정이라는 말을 잘 하지 않는다. 그저 외국인이라고 할 뿐. "오, 엄마가 영국인이야? 좋겠다. 영국에 자주 가기도 해? 거긴 비가 많이 오지?" 반면 엄마 고향이 몽골이라 하면 분위기가 달라진다. "엄마 고향이 몽골이야? 초원에서 말 타는 나라? 다문화 가정이구나. 엄마가 한국말은 하시니?"

만약 위의 대화에서 큰 위화감을 못 느꼈다면 이미 차별에 익숙해졌다는 뜻이다. 부모 고향이 유럽권이냐 동남아권이냐에 따라 그 가족을 대하는 한국인의 태도가 다르다.

그러니 '다문화 가정'이라는 말을 아예 쓰지 않거나 부득이하게 사용해야 할 경우라면 '부모 고향이 외국인 가정'으로 풀어서 쓰면 어떨까. 아빠 고향이 강릉인 사람과 엄마 고향이 해남인 사람이 있는 것처럼, 엄마 고향이 베트남이거나 아빠 고향이 스리랑카인 사람이 있는 것이다. 그냥 그뿐인 것이다.

여러분과 리무진을 타고
싶어 하는 사람은 많겠지만,
정작 여러분이 원하는 사람은
리무진이 고장 났을 때
같이 버스를 타 줄 사람입니다.

오프라 윈프리(방송인)

이웃사촌이라는 말이 불편했다. 이웃에 누가 사는지 모르고 엘리베이터에서 마주쳐도 남남으로 살던 아파트 생활이 편했다. 사생활이 보장된다고 생각했다. 그러다 결혼 후 발을 들여놓은 빌라는 완전 신세계였다. 옆집, 윗집, 아랫집 사람이 옥상에 모여 맥주 파티를 벌이기도 하고 음식을 주고받기도 했다. 교류가 불편했다. 음식을 받으면 받은 접시에 무엇을 담아 돌려주어야 할지 막막했다. 그러나 모든 일이 다 그렇듯 동전엔 양면이 있는 법. 교류를 통해 어울리면서 각자의 집안 사정을 알게 되니 서로를 이해하고 배려하는 마음이 생겨났다.

어느 날 독서모임이 있어 늦던 날이었다. 남편이 전화하더니 옆집 아저씨가 우리 집에 와서 화장실 청소를 하고 있다고 했다. 변기 뚫는 기구가 없어 빌리러 갔는데 자기가 경험이 많으니 뚫어 주겠다며 만류에도 불구하고 오셨다는 거다. 그리고는 팔을 걷어붙이고 화장실 전체 청소에 돌입했다고 한다. 늦은 밤 집에 도착하니 우리 집 화장실이 호텔 화장실 부럽지 않게 싹 변해 있었다. 살림하는 입장에서 망신스럽게 생각될 수도 있는 일이었지만 창피하진 않았다. 서로의 사정을 잘 알고 이해하는 이웃사촌이었기 때문이다. 발달장애인 아들과 비장애인 딸을 키우며 매일 시트콤 찍듯 사는 우리 사정을 훤히 알고 청소까지 해주고 간 아저씨 마음이 그저 고마웠다.

좋을 때 좋은 것을 나누고자 하는 친구는 많다. 하지만 힘들 때 마음을 공유하고 상황을 이해하고 사정을 배려하는 친구는 많지 않다. 옆집 아저씨는 화장실 청소를 해 주고, 아랫집 부부는 아들의 쿵쾅거림을 배려해 주고(가장 고맙다), 다른 사람들은 복도에서 장난치는 아들을 이해해 준다. 이웃사촌인 빌라 사람들, 이들은 함께 버스를 타 주는 사람들이다. 그래서 늘 감사하다.

인생의 보석들은 평소의 시간들
틈에 박혀 있습니다.

유병욱, 『평소의 발견』
(북하우스, 2019)

아이들이 어릴 때 남편은 퇴근하면서 전화로 자신의 위치를 알리곤 했다. 온종일 쌍둥이 독박육아에 지친 아내를 배려하기 위해서였다. 조금만 더 기다리라고. 내가 간다고. "지금 지하철에서 내렸어." "방금 유치원 지났어." 전화를 받으면 나는 딸을 불렀다. "수인아, 창문 내다봐. 1분 뒤에 아빠 보일 거야." 딸은 거실 창으로 달려가 고개를 내밀고 골목을 주시하다 반가운 모습이 보이면 "아빠!" 하고 외쳤다. 남편은 손을 흔들며 "수인아!" 하고 불렀다. "아빠!" "수인아!" 서로를 찾는 부녀의 애타는 목소리가 골목을 가득 메우곤 했다.

매일 반복되던 일상이었는데 어느 날인가 창밖으로 고개를 내민 딸의 뒷모습을 보면서 눈물이 흐르기 시작했다. 슬퍼서 흐르는 눈물이 아니다. 뭐랄까. 가슴 저 깊은 곳이 간질간질한 느낌, 심장에 따뜻한 피가 차오르는 느낌, 그렇게밖에 표현할 수 없는 행복감이 전신에 저릿저릿 퍼지기 시작했다. 일상에서의 소소한 행복을 처음으로 발견하고 경험한 순간이었다.

그다음부터 뭔가가 변했다. 심지어 불만 많던 빌라 생활까지 다르게 인식되기 시작했다. 소음으로 들렸던 골목을 지나는 이들의 말소리가 세상살이 백과사전처럼 느껴지는 것이다. 지금은 골목에서 다투는 소리라도 들리면 얼른 남편에게 알린다. "자기야, 저쪽에 싸움 났나 봐" "어디, 어디? 오우, 아줌마! 전투력 강한데!"

곰돌이 푸가 그랬다. 매일 행복하진 않지만 행복한 일은 매일 있다고. 인생에서의 보석은 티파니 매장 앞이 아니라 흘러가는 일상의 시간 속에 박혀 있었다. 그 보석을 찾기로 마음먹고 끝내 발견해 내는 것, 그것이 자신을 배려하는 방법 중 하나임을 이제는 안다.

사랑하는 것은 상대의 마음을
알고 헤아리는 것이다.
상대가 원하는 것을 해 주는
것이다.

이수경, 『차라리 혼자 살 걸 그랬어』
(책이있는마을, 2017)

남편은 사랑이 많은 사람이다. 그 사랑을 여과 없이 표현하는 사람이기도 하다. 하지만 나는 그런 남편의 사랑 때문에 얼굴을 붉히고 언성을 높인다. 배부른 투정 아니냐고? 허허. 직접 겪지 않으면 모르는, 각자의 사정이란 게 있는 법이다. 가족이 사랑스러울 때 남편은 짓궂은 장난을 친다. 그것이 남편의 사랑 표현법이다. 내가 사랑스러울 때 남편은 프로레슬링 기술을 건다. 갑자기 다가와 다리 십자꺾기, 암트라이앵글, 헤드프레스를 선보인다. 나는 죽을 맛이다. "이이잇! 으라차차!" 젖 먹던 힘까지 짜내 남편으로부터 해방되면 그는 "윽, 괴물이 풀파워를 가동했다"며 깔깔댄다. 애들한텐 더하다. 예뻐 죽겠다며 딸 볼에 침을 한가득 바르는 뽀뽀를 한다. 10대에 들어선 딸은 질겁한다. 아들에게는 그게 하루에도 여러 번이다. 아들은 아직 말을 못하다 보니 "잉잉" 하며 몸으로 아빠를 밀어내는 시늉을 한다. 그러면 나는 아들을 구하기 위해 남편 등짝에 스매싱을 날린다.

사랑도 고맙고 관심도 고맙다. 무뚝뚝한 남편보다는 가족에게 친밀함을 표현하는 남편이 더 좋다. 다만 사랑과 관심을 '행하는 자'가 아닌 '받는 자'의 입장에서 전해 주면 두 배쯤 더 고맙겠다. 내가 사랑하니 내 식대로의 사랑을 주겠다가 아닌, 사랑하는 이가 원하는 방식으로 사랑을 주겠다는 마음. 그것이 배려하는 사랑 아니겠는가.

그러니 남편, 장난은 이제 졸업합시다. 슬슬 내 골다공증도 염려되고 애들 사춘기도 고려해야 하잖아요. 가족을 사랑하는 마음, 그 마음이 예쁜 만큼 표현도 예쁘게 해 주세요. 오케이? 안 그러면 또 등짝 스매싱 날아갑니다.

다리가 두 개뿐인 사람이
다리가 열 개나 되는 게의
입장을 쉽게 헤아릴 수는
없겠지. 하지만 쉽게
헤아리지는 못하더라도 쉽게
비웃지는 말아야 한다.

이외수, 『불현듯 살아야겠다고 중얼거렸다』
(해냄, 2019)

013

"소도 때려잡을 듯한 튼튼한 팔뚝! 강호동도 울고 갈 알배긴 종 아리!" 종종 내 외모를 비하해서 웃음을 끌어내곤 했다. 내가 내 외모를 비하하니 뭐라 하는 사람도 없었고 농담의 소재로 사용 했기에 분위기도 유쾌해졌다. 문제의식 없이 그런 날이 이어졌 고 습관이 되자 횟수는 더 빈번해졌다. "나는 배에서 힘만 빼면 지하철 임산부석에 앉아도 사람들이 모를 거야. 아, 이 커다란 팔뚝이 기아 팔뚝처럼 얇아졌으면 좋겠다." 사람들은 하하하 웃 었고 나도 까르르 웃었다. 이렇게 외모 비하를 하는 중에도 알고 있었다. 실제의 나는 다만 살이 쪘을 뿐 추하다고 느껴질 만한 외모는 아니라는 걸. 그렇기에 외모 비하를 하는 내 목소리엔 수 치심이 없었고 태도는 당당했다.

'장애인판'에 들어와 처음에는 주로 발달장애인을 만났다. 그러다 시간이 지나면서 지체장애인으로도 교류가 확대됐다. 그들은 자신의 팔다리를 소재로 농담하지 않았다. 강호동이 울 고 갈 알 배긴 종아리가 그들에겐 뛰어다닐 수 있는 튼튼한 다리 였고, 소도 때려잡을 두꺼운 팔뚝은 자기 의지대로 움직일 수 있 는 통제 가능한 팔이었다. 내가 생각 없이 하는 외모 비하가 누 군가에겐 상처가 될 수도 있다는 것을, 부끄럽지만 그들을 통해 처음으로 알았다.

그리고 나서야 보이는 나의 흑역사. 기아 팔뚝이라니. 과연 기아로 생존을 위협받는 아프리카 어린이 앞에서도 팔뚝이 얇아 부럽다고 말할 수 있을까. 내가 대체 무슨 소리를 지껄이고 살았 던 걸까.

요즘엔 성 인권 때문에라도 타인에 대한 외모 평가는 금기 시되고 있다. 한 발 더 나가야 한다. 자신에 대한 외모 평가도 멈 춰야 한다. 비하하는 내용이라면 더욱 그렇다. 내가 하는 말 속 에 담긴 무게를 알아야 한다. 인권 감수성은 그렇게 길러진다.

상대가 비장애인이라면
하지 않을 말과 행동들을
사람들은 혜정이가
장애인이라는 이유만으로
아무렇지 않게 한다.

장혜영, 『어른이 되면』
(우드스톡, 2018)

사람들은 종종 장애인에게 예의를 갖추기 위해 '장애우'라는 표현을 쓴다. 문법적으로 문제 있는 말은 아닌데 인권적으로 틀린 말이다. 장애인이 올바른 표현이다. 장애우라 할 때 '우'는 친구를 뜻하는 '벗 우'友자를 사용한다. "장애가 있는 사람아, 너는 우리의 친구야"라는 뜻이 내포된 단어에서 무엇이 느껴지는가? "괜찮아, 널 친구로 인정해 줄게"라는 비장애인의 선심을, 혹시라도 느낀 사람 있으면 손 번쩍!

우리는 낯선 타인에게 친구라 하지 않는다. 생전 처음 보는 저 아저씨와 나는 친구가 아니다. 스쳐 지나는 타인이고 관계를 맺어야 할 일이 생기면 그때 자연스럽게 맺으면 된다. 반면에 장애인에겐 굳이 '우리가 친구'라는 점을 강조한다. 장애인과 비장애인은 다르다는 것을 전제로 하는 말, 그 다름을 퇴색시키기 위해 친밀함을 나타내는 '친구'라는 단어까지 끌어 와 만든 말, 그게 장애우다.

게다가 장애우에는 당사자성이 배제돼 있다. 장애우로는 당사자가 자신을 설명할 수 없다. 예를 들어 내가 자기소개를 할 때면 "안녕하세요? 류승연입니다"라고 하면 되지만 장애인이 아닌 장애우로 불리는 사람이 소개를 하면 "안녕하세요. 저는 여러분의 친구입니다"라고 하게 되는 셈이다. 본인 소개를 하는 데도 주체성이 타인에게 있다.

우리가 서로의 친구가 아니듯 장애인도 만인의 친구가 아니다. 친구는 아니지만 필요할 때 관계 맺고 살아가면 된다. 그것이 보통의 인간관계다. 배려의 상황에서 쓰이는 장애우라는 말이 사실은 배제의 말이었다는 무서운 이야기.

배려가 담긴 언어의
적절한 사용은 세상을 정화하는
힘이 있다.

조완욱, 『배려의 대화』
(함께북스, 2019)

장애인을 배려하는 의도에서 사용되는 잘못된 표현이 또 있다. '장애'라는 말을 꺼내는 게 왠지 미안해서 '아프다'는 말로 에둘러 표현하는 것이다. 아픈 사람에게 빨리 나아서 건강해지라 하는 건 위로이자 응원이지만 아프지 않은 사람에게 빨리 나으라 하면 무엇을 나으라는 건지 난감하다. 단지 발달장애가 있을 뿐인데 "동환아, 어서 나으렴" 하는 응원을 받으면 아들의 존재성이 부정당하는 느낌이 든다. 아들이 지금과는 다른 존재가 되길 바라는 마음이 읽힌다.

예를 한 번 들어 보자. 오랜만에 찾아뵌 할머니가 퇴행성관절염 때문에 무릎이 아프다고 하자 손주가 말한다. "할머니, 아파서 어떡해요. 빨리 튼튼한 무릎을 되찾으세요. 그래서 젊어지세요." 젊어지라는 건 할머니의 존재성을 부정하고 불가능한 일을 주문하는 행위다. "예끼, 버릇없는 놈! 할미를 놀리는 거냐" 하며 등짝을 맞아도 할 말이 없다.

장애도 마찬가지다. 장애는 아픈 게 아니다. 그런데 사람들은 장애인을 배려하는 마음에 아프다고 표현한다. 아픈 환자로 바라보는 마음엔 장애를 나아서 없애야 할 질병으로 바라보는 '장애 혐오'의 시각이 숨어 있다. 장애를 비정상적인 상태로 판단하고 정상이 되길 바란다는 마음이 녹아 있다.

진심은 장애인을 배려하려는 의도로 에둘러 표현한 건데 '장애 혐오' 운운하면 기가 찰 수밖에 없다. 그러니 알아야 한다. 마음을 잘 전달하기 위한 배려의 말은 알아야 제대로 사용할 수 있다.

스펙은 허상입니다. 중요한 건
개개인의 고유성이에요.

배성범(정신건강의학과 전문의)

아들의 장애가 내 인생의 장애이던 시절이 있었다. 수시로 울음이 터져 나와 정신건강의학과전문의를 찾아가 정신분석을 받았다. 상담이 이어지는 과정에서 수시로 과거 영광에 매달렸다. 출산 전에는 남편보다 월급이 많았다는 점을 강조했고, 국회 출입 정치부 기자로 국회의원과 맞짱 뜬 무용담을 늘어놓았다. 현실의 나는 가난하고 무지한 장애 아이 엄마라는 사실을 부끄럽게 여겼다.

어느 날 그가 "스펙은 허상입니다. 중요한 건 인간 개개인의 고유성이에요"라는 말을 했을 때 한편으론 부끄러우면서 다른 한편으론 배려를 받은 듯 마음의 안도감마저 느꼈다. 장애 아이 엄마여도 괜찮아. 가난해도 괜찮아. 내가 그 무엇이든 괜찮아. 이 말이 그토록 듣고 싶었다.

스펙이 허상이고 존재의 껍데기에 불과하다는 건 알고 있었다. 알면서도 스펙을 사람 자체로 인식했던 건 그다음 단계를 몰라서였다. 스펙이 껍데기면 무엇이 알맹이인데? 그의 말에 답이 있었다. 인간 개개인의 고유성. 중요한 건 우리 각자의 고유성이다. 어떤 껍데기(스펙)를 두르고 있든 변하지 않는 것. 존재의 본질(고유성).

나는 어떤 인간이고, 무엇을 좋아하며, 어떠한 태도로 삶을 살아가고 있는가? 스펙이라는 껍데기를 벗고 온전한 알맹이로 마주했을 때 나는 어떤 개인일 수 있는가?

지금 나는 사람을 만날 때 스펙이라는 계급장을 땐 알맹이로서의 개인, 그 고유성으로 상대방을 바라보려 노력한다. 그러고 나자 삶이 훨씬 편해졌다. '스펙 대 스펙'의 만남이 아닌 '알맹이 대 알맹이'의 만남으로 관계를 바라보는 시각을 바꾼 덕이다. 나 자신의 고유성을 인정하는 것으로 스스로를 배려하기 시작한 덕이다.

괴로움과 나는 동의어가
아니다. 슬픔과 나는 동의어가
아니다.

정여울, 『나를 돌보지 않는 나에게』
(김영사, 2019)

'행복'을 주제로 인터뷰를 했다. 기자가 물었다. 지금 행복하냐고. 행복하다고 했다. 행복한 것을 어떻게 아느냐고 물었다. 일상적인 삶을 살고 있기에, 일상성이 회복되었기에 행복하다고 했다.

아들의 장애가 내 인생의 장애이던 '지옥의 3년' 동안은 울면서 일어나 울면서 하루를 마감했다. 아침에 일어나면 침묵한 채 쌍둥이를 먹이고 입히고 씻겼다. 온종일 한마디도 하지 않는 날이 많았다. 딸은 시댁에 맡겨 놓고 아들을 치료실에 데리고 다녔다. 모든 일정을 마치고 집에 오면 또다시 침묵한 채 쌍둥이를 먹이고 입히고 씻기고 재웠다. 설거지하면서 울었고, 이유식 먹이다 울었고, 양치질하다가 울었다. 잠들기 전에 울었고, 자다 깨 아이 기저귀를 갈며 또 울었다. 그런 날들이었다.

지금은 아침에 일어나면 쩌렁쩌렁 소리부터 지른다. "헉! 또 늦었다. 빨리 일어나!" 남편과 아이들을 회사와 학교에 보내고 나는 카페에 글 쓰러 가거나 강연하러 간다. 그러다 저녁이 되어 가족 구성원이 모이면 다시 내 할 일(소리 지르기)을 하며 하루를 마감한다. "아까 닦았어도 방금 초코파이 먹었잖아. 양치 또 하고 와!" "동환아, 창문 좀 그만 열어!" "자기야 TV 소리 줄여!"

괴롭고 슬픈 일은 여전히 일어난다. 하지만 지금은 안다. 괴로움과 나는 동의어가 아니고 슬픔과 나도 동의어가 아니다. 이 사실을 알고 있는 것만으로도 나를 더 배려하게 된다. 놓아버리지 않는 것으로 내 삶을 배려한다.

행복해서 미치겠다가 아니라 여느 가정과 다를 바 없는, 일상성이 회복된 삶을 살고 있기에 행복하다. 일상적인 삶이 진짜 밀도 있는 행복한 삶이다. 다만 일상적이기에 그 일상을 잃기 전엔 행복이 행복임을 모를 뿐.

젊은 세대에게 필요한 것은
위로가 아니라 그들의 입장을
이해하고 지지해 주는 것이다.

임홍택, 『90년생이 온다』
(웨일북, 2018)

학창시절 장래희망을 승무원으로 정하고 부모님과 갈등을 빚었다. 부모님은 무조건 공무원이었다. 결국엔 기자가 됐지만. 출산을 앞두고 휴직을 했고 아들이 장애 확진을 받으며 복직이 물건너갔다. 남편 외벌이로 아들 치료비와 딸 교육비를 충당하려니 가정경제가 휘청했다. 다시 부모님의 걱정이 이어졌다. 내가 아르바이트할 수 있는 여러 직종을 소개했는데 하나같이 '딱 내가 싫어하는 일'이었다. 결국 난 글 쓰는 일로 삶을 재건하기 시작했다. 부모님이 원한 인생과 내가 원한 인생은 그렇게 방향이 달랐다.

잔소리가 소용없는 게 자식이다. 자식은 비만 오면 울어 대는 청개구리다. 자식 된 자의 본성이 그렇다. 그렇다면 부모가 자식에게 할 수 있는 최선의 배려는 그저 믿고 이해하고 지지하는 것뿐이다. 삶은 자신의 선택으로 채워져야 한다. 그래야 후회가 없고 후회가 있더라도 스스로 한 선택이기에 기꺼이 책임질 수 있다.

이젠 나와 내 자식들의 차례다. 딸이 내 뒤를 이어 기자가 되길 바라는 마음이 슬며시 올라오려 할 때마다 "자식은 청개구리다. 개굴개굴"이라며 주문이라도 외워야 할 판이다. 자식들은 알아서 각자의 길을 찾아갈 것이다. 나는 그저 믿고 이해하고 지지하고 지원해야 한다. 그것이 내가 할 수 있는 최선의 배려임을 잊지 말아야 한다. 내가 진짜로 해야 할 일은 따로 있다. 내 인생이나 잘 사는 것. 멋진 할머니로 늙을 수 있게 나나 잘 살아야 한다. 그래야 그런 내 모습을 보며 자식들이 찰떡같이 배울 테니까.

중심이 아니라 주변에서
살아야 했던 이들이 주체가
되기 위해선 자신을
부르는 이름을 자신들이
정의definition하는 것이
필수적이다.

조이스 박 인터뷰 '공감하는 페미니즘이 필요'
『넥스트데일리』 2018년 8월 24일자

『빨간모자가 하고 싶은 말』 북콘서트에서 저자인 조이스박을 처음 만났다. 글에서 느낀 이미지는 날카롭고 뾰족했으나 실제의 그는 그렇게 나긋나긋할 수가 없다. 그날의 인연을 시작으로 그가 4050 페미니즘 독서모임을 제안했을 때 "저요" 하고 손을 들었으니, 그는 '장판'(장애인판)에만 속해 있던 내게 페미니즘판이라는 또 다른 인권 영역을 알게 해 준 고마운 이다. (지금은 그와 나 둘 다 독서모임을 탈퇴했다.)

그런 그가 최근 언론에 쓴 칼럼은 눈여겨볼 만하다. 영문학 교수답게 장애인을 부르는 영어 표현을 다뤘다. 그에 따르면 장애인을 나타내는 영어 표현 중 쓰면 안 되는 말은 'crippled'(불구의, 무능력한)와 'handicapped'(장애가 있는, 불리한 조건), 가장 많이 쓰이는 표현은 'disabled'와 'physically challenged'이다. 그런데 이제부터는 'PWD'(person with difficulty 또는 disability의 약자)로 쓰자는 것이 그의 주장이다.

기존에는 'physically challenged person'(신체적 장애가 있는 사람)과 같이 '사람'을 설명하기 위한 형용사로 앞에 '장애'가 붙었지만 이젠 '사람'이 앞에 온다. 그러고 난 뒤 그 사람에게 부가적으로 장애가 있다는 것을 설명하기 위해 'with'(~와 함께)라는 전치사구를 붙인다. 장애인에서 '장애'가 아닌 '사람'이 앞서기 시작한 것이다.

그는 말했다. 장애인뿐 아니라 모든 소수자 집단이 목소리를 내기 위해선 스스로를 호칭하는 표현부터 다시 만들어야 한다고. 그것이 주변에서 중심으로 걸어 나오는 데 필수적이라고. 한 수 배웠다. 이제부터 장애인의 영어표현은 PWD다. 핸디캡이니 뭐니 그런 표현을 쓰는 사람이 있으면 콕 집어 알려 주리라.

장애는 '가진' 게 아니에요.
그냥 '있는' 거예요.

김경숙(양주도담학교 교감)

장애는 가진 것일까? 있는 것일까?

맞다. 왼쪽에 정답을 써 놓고 질문하는 나는 친절한 저자다. 장애는 그냥 있는 것이다. '장애를 가진' '장애를 갖고 있어서'가 아니라 '장애가 있는' '장애가 있어서'라고 표현해야 옳다.

첫 책을 내고 강연을 다니기 시작한 초창기만 해도 용어 사용에 민감하지 못했다. 장애를 '가진' 우리 아들에 대해 열정적인 강연을 하고 나서는데 지금은 교감이 된, 당시 김경숙 장학사님이 슬그머니 다가와 귀띔을 한다. "장애는 가진 게 아니에요. 그냥 있는 거예요. 있는 자체로 그 존재를 인정하는 거예요." 얼굴이 화끈 달아올랐다. '용어 하나에 이렇게 큰 의미가 담길 수 있구나.' 민감도를 더 높여야 했다. 그것이 인권 감수성을 높이고 당사자를 배려하는 일이었다.

그다음부턴 말 한 마디도 신중해진다. 인권 활동을 한다면서 정작 나 자신이 인권에 반하는 말과 행동을 하고 있진 않은지 수시로 점검한다. 솔직히 피곤하고 힘들다. 가끔은 '인권'이라는 두 글자를 모르고 룰루랄라 살던 시절이 편했다는 생각도 든다. 하지만 한 번 알고 나면 이전으로는 돌아갈 수 없는 게 이 바닥 생리다.

같은 맥락에서 장애는 앓는 것도 아니다. 질병이 아니기에 앓는다는 표현은 틀렸다. 극복하는 것도 아니다. 개인의 자연스러운 상태를 이겨내서 뭘 어쩌라는 것인가. 장애를 극복하라는 건 당사자 입장에서 자기 부정을 요구받는 행위다.

장애는 그냥 있는 것이다. 다만 있을 뿐인 장애와 더불어 삶을 살아가면 된다. 모두가 각자의 사정과 더불어 삶을 살아가듯.

늘 경계에서 흔들려야 할 것
같아요. 시스템 안에 갇히는
순간 우리도 그 시스템이 되어
버리니까요.

심상진(출판편집자)

여성 인권을 공부하면 인권에 대한 이해 폭을 넓힐 수 있지 않을까 하는 기대에서 페미니즘 독서모임을 시작했다. 모임 첫날 왜 페미니즘을 공부하려 하느냐는 질문에 많은 이들이 "나는 차별 당해 본 적 없지만 알고는 싶다"는 기조로 답했다. 나도 그랬다. "내 일은 아니지만 알고는 싶어"랄까. 이 생각은 기존 시스템 안에서 평화를 깨지 않기 위해 자신을 '명예남성' 위치에 올려놓은 데서 비롯된 거라는 걸 알게 되지만 그건 나중의 일이다.

모임 초창기, 정희진의 『아주 친밀한 폭력』을 함께 읽었다. 매 맞으며 살지 않는 난 맞고 사는 여성에 답답한 마음이 조금은 있었다. 상황을 적극적으로 벗어나려 하지 않는 개인, 피해자에게도 책임이 있다는 마음이 1퍼센트는 있었던 것이다.

신랄한 토론이 이어지며 생각에 균열이 가기 시작했다. 구조화. 개인의 문제가 아닌 구조(시스템)의 문제라는 게 어떤 건지 처음으로 눈에 보였다. 가정 내 권력 구조가 탄탄히 자리 잡은 시스템 속에서, 폭력의 희생자인 개인은 저항할 힘이 없었다.

가정 안에 구조가 있었다고? 40년 넘게 의심해 본 적 없는 사고에 지지직 균열이 가는 건 엄청난 충격이었다. 토론 말미 출판사에서 일하는 심상진 회원이 "늘 경계에서 흔들려야 할 것 같다"고 했을 때였다. 감동의 일렁임이랄까, 무의식의 연결이랄까, 생각의 파동이랄까, 설명할 순 없지만 모두가 그 존재를 느낀(각자 느낀 바는 달랐겠지만) 무언가가 공간 전체를 관통했다.

시스템에 익숙해져 버린 상태로는 시스템을 볼 수 없다. 매트릭스 안에서는 매트릭스의 존재를 알아차릴 수 없는 것과 같은 이치다. 구조화의 시각으로 보아야만 보이는 것들이 있다. 구조를 볼 줄 알아야 개인에 대한 비난을 멈출 수 있다. 네 탓이 아니라고 다독일 수 있다. 각자의 사정을 진심으로 이해하고 배려할 수 있다.

그대가 여성에게 무엇을 주든,
　여성은 그것을 더 크게 만들어 준다.
그대가 정자를 주면, 그녀는 아기를 준다.
그대가 집을 주면, 그녀는 가정을 준다.
그대가 미소를 주면, 그녀는 마음을 준다.
그녀는 주어진 모든 것을 확대하고
　증식시킨다.
그러니 헛짓거리를 할 거라면 똥덩어리
　세례를 받을 준비를 해야 할 것이다.

윌리엄 골딩(소설가)

022

아이들이 두 살 무렵부터 슬슬 쌍둥이를 유아차에 태워 동네 산책을 나가기 시작했다. 동네를 어슬렁거리는 것만으로도 숨통이 트였다. 매연과 미세먼지로 가득한 공기가 이렇게 상쾌했다니! 오염된 공기를 들이키며 감동에 젖곤 했다. 어느 날 동네 카페에 신메뉴 '모히또'가 등장했다. "라임이 들어가서 그렇게 상큼하고 맛있대"라며 여기저기서 야단이었다. 남편에게 한 잔 마시고 싶다고 하자 "집에서 노는 아줌마가 무슨 모히또"라며 "카페라떼나 마셔"라는 답이 돌아왔다. 정색하는 내 얼굴을 보며 남편이 급하게 모히또를 주문했지만 '집에서 노는'이라는 말에 한바탕 난리가 났음은 말할 것도 없다.

집에서 노는 게 아니라 육아라는 현실 과제 앞에 부부가 업무 분담을 한 것이다. 남편이 유급노동 업무를 아내가 무급노동 업무를. 수유는 여성만이 할 수 있으니 서로의 선택이 아니라 어쩔 수 없는 결과 아니냐고 할 사람도 있겠지만 '모유 때문에' 아내에게 무급노동을 강요하는 건 합당치 않다. 오히려 아내가 남편을 배려했다고 보는 게 맞다. 어쩌면 대한민국 남성이 일반적으로 갖는 '어떤 권위'를 지켜 주려고 "내가 육아할게. 당신이 나가서 일해"라고 말하며 아내가 육아를 택했다고 보는 게 더 맞는 얘기다.

부부는 평생 공놀이를 하는 관계다. 출산이라는 현실 과제를 앞에 두고 아내가 먼저 남편에게 배려의 공을 던졌다. 남편은 자신이 받은 공을 어떻게 돌려줄 것인지 선택할 수 있다. 혹여나 '집에서 놀면서'라며 쓰레기를 돌려주려 준비 중인 남편이 있다면 윌리엄 골딩의 말을 기억해야 한다. 더 크게 돌려받을 마음의 준비를 해야 한다.

잘하는 남을 따라 할 필요
없어요. 자기만의 색깔만
있으면 돼요.

이성민(아나운서)

한 라디오 프로그램에서 고정 코너를 맡게 됐다. 내 장점이 무엇이던가. 목소리다. 얼마나 고운지 20대에는 목소리로 사기를 쳤다 해도 과언이 아니다. 과거 초등학교 동창은 10여 년 만에 처음 전화 통화를 한 날, 목소리에 반해 곧장 나를 만나러 왔다. 만나서 얼굴을 보자마자 잠적해 버린 건 우리만의 비밀이다. 정치부 기자로 일할 때도 내 목소리에 반해 1년 동안 전화로 당 정보를 전해 주던 취재원이 있었다. 1년 만에 드디어 대면했는데 그후로 취재원 한 명을 잃었다는 사실 또한 슬픈 비밀.

이렇게 목소리 하나만은 자신 있는 나였는데 고정 코너라는 부담 때문이었을까. 나도 모르게 긴장하고 위축됐다. 딱딱한 목소리가 흘러나오거나 스스로 베테랑 고정 출연자의 말투를 흉내 냈다. 녹음을 마치고 나오면 한숨이 났다.

이런 내게 진행을 맡은 이성민 아나운서가 말했다. 잘하는 남을 쫓아가려 할 필요 없다고. 자신만의 색깔을 찾으면 된다고. 그러고 보니 난 부담감에 압도돼 내 최대 강점인 목소리마저 제대로 들려주지 못하고 있었다. 이 사실을 깨닫자마자 행동을 한 번 바꿔 보기도 전에 고정 코너에서 하차하게 됐다는 연락을 받은 건 우리가 지켜야 할 오늘의 마지막 비밀이다. 쉿!

지금 나는 온전한 나만의 목소리로 말한다. 전문 강사를 흉내 내지 않는다. 남을 따라 할 필요가 없다는 것을 알고 난 후의 변화다. 중요한 건 내가 가진 고유한 색깔을 그 자체로 충분히 드러내는 것이다. 그래야 그 색깔이 나만의 고유한 가치가 된다.

아나운서가 건넨 작은 배려의 말은 그날 내 마음에 위안은 물론 자신감까지 심어 주었다.

충고는 남을 위해서 해야 한다.
남들 위에서 하지 말고.

하상욱, 『튜브, 힘낼지 말지는 내가 결정해』
(아르테, 2019)

한 모임에서 요즘 힘들다 했더니 털어놔 보라 한다. 이런저런 얘기를 했고 이런저런 충고를 들었다. 집에 오는데 마음이 홀가분하지 않고 오히려 더 답답하다. 이걸 어떻게 해석하면 좋을까. 불현듯 알게 됐다. 그날 난 '구조화의 폭력'을 당했다.

충고라는 행위는 순식간에 관계를 구조화시킬 수 있는 위험성을 내포한다. '충고하는 나는 너를 위에서 내려다보는, 네 위에 선 자다. 우리는 동등하지 않다.' 순식간에 상대를 내 밑으로 밀어 넣고 상하 관계, 즉 구조화의 틀을 작동시킨다.

그런 위험성을 인식하지 못한 채 충고를 하다 보면 어느덧 상대에 대한 배려는 사라진다. 훈계나 비난 등 정서적 폭력이 무의식중에 행해질 수도 있지만 죄책감은 없다. 상대를 위하는 마음에 충고한다 생각하고 있으니까. 그러다 보면 충고받는 자는 실종되고 충고하는 자의 자아만 넘쳐나는 상황이 돼 버리지만, 충고하는 쪽도 충고받는 쪽도 이런 구조화의 틀을 쉽게 인식하진 못한다.

그래서였다. 힘든 걸 털어놨는데도 더 답답해진 이유. 그날 그곳에선 모두가 내 위에 서 있었다. 옆이 아니라. 모두의 마음을 이해는 했지만 그래도 앞으로는 같은 상황에 나를 노출하지 않겠다 다짐했다. 다시 구조화의 틀에 갇히려 할 때가 오면 "잠깐" 하고 외쳐 말을 끊고 모두에게 인지시킬 것이다.

충고는 남을 위해서 해야 한다. 남들 위에서 하는 게 아니라. 그럴 자신이 없다면 아예 침묵하는 게 낫다. 그리하여 나는 외친다. '충조평판'(충고, 조언, 평가, 판단)보단 경청! 그것이 타인을 배려하는 최고의 방법이다.

최종 우승자는 지금 행복한
사람입니다. 그저 숨만 쉬어도
행복하다면 숨만 쉬어도
승리한 자가 되는 것입니다.

김은정, 『우울할 땐 마카롱보다 마음공부』
(국일미디어, 2019)

몇 년 전 길을 걷는데 우리 엄마 또래의 여성 두 명이 바로 뒤에서 말하는 소리가 들렸다. "아이들 어렸을 때가 제일 행복했던 것 같아." "그렇지? 아이들 키우며 살 때가 제일 행복했지."

이렇게 힘든데 지금이 가장 행복한 때라고? 삐뚤어질 테다! 그런데 그 말에 꽤 울림이 있었던 모양이다. 계속 마음에 남더니 한참 전에 시어머니가 했던 말이 떠올랐다.

어머니가 젊던 시절 살던 주택가 골목 끝에는 큰 평상이 있었다고 한다. 해질 무렵이면 동네 아줌마들이 저녁 준비를 마치고 평상으로 나와 수다를 떨었다고. 그러다 남편이 퇴근하면 한 명씩 자리를 떠났고 귀가가 늦던 시아버지는 늘 마지막에 나타났다고. 이미 어두워진 골목 끝에 아버지가 보이면 그제야 어린 아들을 불러 손을 잡고 집으로 들어갔다고 한다.

그 얘길 하는 어머니는 마치 그 평상 위에 앉아 골목을 보고 있는 듯했다. 그때의 그 골목이 어머니를 과거로 데려간 것인지, 어머니가 그리운 골목을 현재로 소환한 것인지는 모르겠지만 확실한 건 그때 그 골목에서 어머니는 행복했을 거라는 사실이다.

언젠가 행복해질 거라는 믿음은 때로 희망 고문이 된다. 은행에서 번호표를 받고 대기하는 것처럼 행복은 기다린다고 순서대로 오지 않는다. 지금 행복하고 당장 행복해야 행복한 것이다.

매일의 현실은 힘들고 팍팍하다. 그런데 만약 내가 타임머신을 타고 수십 년 뒤의 미래, 그러니까 임종 직전으로 날아가 현재를 바라보면 어떨까. 그때도 지금의 현실이 힘들고 팍팍하게만 보일까? 물론 타임머신은 없다. 하지만 단지 생각만으로도 과거와 미래 어느 시점으로든 잠깐 시간여행을 할 수 있는 능력은 삶이 또는 신이 인간에게 준 특별한 선물임에 틀림없다. 지금의 비루한 현실도 멀리서 보면 충분히 행복한 희극일 수 있다는 걸 알려 주는, 지극한 배려가 깃든 선물 말이다.

상황을 바꿀 수 없을지라도
적어도 그들에게
비굴해지지는 말자.
저열한 인간들로부터 스스로의
존엄함을 지키기 위하여,
우리에겐 최소한의 저항이
필요하다.

김수현, 『나는 나로 살기로 했다』
(마음의숲, 2016)

가족과 함께 지하철을 탔는데 갑자기 뒤가 소란스럽다. 50대 여성이 화를 내고 있었다. "내가 닿길 했어? 뭘 했어? 그럴 거면 애를 왜 데리고 다녀? 집에나 처박혀 있을 것이지!" 그녀 앞에 앉았던 장애인 초등학생의 부모가 아이를 과보호하며 내렸고, 그 과정에서 한 사람이 그녀를 민 모양이다. 그런 태도가 아쉽긴 했지만 그렇다 해서 장애인을 왜 밖에 데리고 다니냐며 고함치는 모습도 좋아 보이진 않았다. 그녀가 계속 화내자 옆에 앉은 60대 남성이 그녀를 달랬다. "아, 고만 성내고 냅 둬요. 부모 둘이 어디서 자식이라곤 '그런 거' 하나 낳았나 보지"

충격은 지금부터다. 주변 사람들이 일제히 깔깔깔깔 웃었다. 재치 있는 농담이라도 들었다는 듯 처음 보는 사람끼리 장애인 비하 발언에 동조해 와르르 웃음을 터뜨렸다. 웃음소리가 장악한 지하철 안에서 남편과 서로를 마주 봤다. '그런 거'를 낳은 부모로서 나는, 우리는 선택해야 했다. 침묵하는 것으로 비장애인의 우월감을 인정할 것인지 아니면 최소한의 저항을 할 것인지. 후자를 택했다.

얌전히 앉아 뽀로로 동영상을 보던 아들에게서 스마트폰을 뺏었다. 그러자 아이는 "우이, 우이, 아갸갸갸" 하며 자신이 발달장애인임을 알리기 시작했다. 아들의 외계어가 울려 퍼진 순간 와자지껄했던 차량 내부가 순식간에 조용해졌다. 나는 일어선 아들이 반대편으로 나아가도록 비켜섰다. 아들이 팔짝팔짝 뛰며 50대 여성과 60대 남성 앞에 서자 나와 남편도 아들을 뒤따랐다. 우리 부부는 체격이 크고 척 봐도 '포스'가 느껴진다. 그런 우리를 보자 여성은 고개를 숙이고 '그런 거'라 조롱했던 남성은 자는 척을 한다. 우리는 아무 말도 하지 않았다. 단지 우리의 존재, '그런 거'와 '그런 거'를 낳은 부모를 모두에게 내보이는 것으로 저항했다.

사회의 온갖 문제는
그 사회에서 가장
약한 구성원들을 통해
잔인한 방식으로 현실에
구현된다.

나경호(자유청소년도서관 관장)

바보와 병신. 흔히 쓰는 말이면서 동시에 장애인을 모욕하는 대표적인 단어다. 거친 욕에 비해 다소 순화된 느낌이 있어 나도 과거엔 귀엽게 욕을 하고 싶거나("힝, 자기 바보!") 화를 살짝 표현만 할 때("아이고 병신아") 죄책감 없이 쓰며 마음을 드러내곤 했다.

그런데 언제부턴가 두 단어가 불편해지기 시작했다. 텔레비전 속 개그 프로그램에서 흰색 콧물 분장을 하고 아이 같은 말투로 사람들을 웃기며 말의 맥락을 잘못 이해해 상황에 안 맞는 얘기를 하는 캐릭터를 보니 발달장애인이었던 것이다. 그랬다. 그들이 개그 소재로 사용한 바보 캐릭터는 바로 인지가 낮은 내 아들이었다. 더 화가 났던 건 콧물. 인지가 낮은 사람이 콧물을 흘린다는 건 일반화의 오류이자 명백한 편견이다. 그래서 내 식대로 투쟁했다. 지금은 '바보'로 불리지만 언젠가 '동네 바보 형'으로 불릴 아들을 위해 '동네 바보 형'이라는 말을 미디어에서 추방하자는 글을 쓰고 강연을 다녔다.

그렇게 아들 덕에 바보라는 말의 폭력성을 알게 됐지만 병신이라는 말에는 여전히 민감하게 반응하지 못했다. 그 말의 폭력성은 김원영 변호사의 『실격당한 자들의 변론』을 읽고 비로소 알았다. 병신. "신체의 어느 부분이 온전하지 못한 기형이거나 그 기능을 잃어버린 상태 또는 사람을 낮잡아 이르는 말." 이렇게 무서운 말이 일상에선 가볍게 쓰이고 있다. 사람들은 그 말에 담긴 의미를 의식하지 못한다. 내가 그랬듯.

지금 난 바보와 병신이라는 말이 하나도 웃기지 않다. 귀엽지도 않을뿐더러 욕 치고 순화됐다는 느낌도 안 든다. 오히려 더 잔인하게 느껴진다. 사람의 존재성을 비웃는 말이기 때문이다. 존재 자체를 조롱하는 무서운 말이기 때문이다.

좋은 점을 찾아내어
말하는 것은 어쩌면 용기가
필요한 일일 수도 있다.

김범준, 『모든 관계는 말투에서 시작된다』
(위즈덤하우스, 2017)

딸이 초등학교 2학년 때 일이다. 학기 초 학부모 상담을 갔다. 엄마의 마음으로는 다 큰 자식도 물가에 내놓은 어린아이처럼 느껴진다는데 하물며 아직도 손이 가는 초등학생이다. 살짝 긴장한 마음으로 딸의 학교생활을 묻는 내게 담임선생님이 뜻밖의 말을 한다.

"음, 수인이는요. 뭐랄까, 달라요. 반짝반짝하다고 할까? 정확히 말하기는 어려운데 아무튼 그래요. 반짝반짝 빛나는 뭔가가 있어요."

딸이 어린이집에 다닐 때부터 여러 선생님과 상담을 했지만 이런 식으로 얘기한 사람은 없었다. 보통 "영어는 잘하는데 수학에선 연산이 약하네요", "친구들이랑 잘 지내는데 수업 중에도 놀고 싶어 해서 가끔 혼나요", "발표를 잘해요", "과제 속도가 조금 느려요" 등 겉으로 보이는 생활에 관한 이야기를 들었다.

그런데 빛이 난다니. 반짝반짝 빛나는 무언가가 느껴진다는 것은 아이의 내면을 보고 있다는 뜻이다. 이 선생님은 아이의 수업 태도와 시험 점수가 아닌 개개인의 존재성을 들여다보고 있었다. 각각의 존재를 존중하며 그 속에서 특별함을 찾으려 했다는 말이다. 해 왔던 대로 익숙한 대로 수업 진도와 생활지도에만 초점을 맞추면 간과하기 쉬운 부분이다.

학생의 좋은 점을 발견하는 것. 상대의 내면을 보려 애쓰는 것. 결국 이것도 적극적 관심을 가지려는 실천, 익숙한 자신에게서 벗어나려는 용기가 필요한 일 아닐까? '이 사람은 진짜다. 진짜 스승이다' 하는 생각이 들었다. 이런 스승, 살면서 또 만날 수 있기를 바라 본다.

우리는 존엄하고, 아름다우며,
사랑하고 사랑받을 가치가 있는
존재인 것이다. 누구도 우리를
실격시키지 못한다.

김원영, 『실격당한 자들을 위한 변론』
(사계절, 2018)

얼떨결에 퀴어축제에 참가했다. 십수 년 만이다. 취재하러 갔던 과거와는 분위기가 달랐다. 모두가 즐기는 축제의 장이 되어 있었다. 성소수자도, 성소수자를 지지하는 사람도, 구경하던 시민도 함께 어우러져 노래하고 춤을 췄다. 그 모습이 너무 신나 보여서 마침 근처에 놀러 나왔던 우리 가족도 행진 중간에 합류했다. 비장애인 딸은 물론 발달장애인 아들도 들뜨고 즐거운 분위기에 동화돼 "아갸갸갸" 하며 흥을 발산했다. 행진을 이어가고 있는데 앞서가던 사람들이 인도 위를 바라보며 "우와와와" 하고 파도타기처럼 함성을 지르기 시작했다. 사람들의 함성이 향한 곳에 도착하자 중년 여성이 피켓을 들고 서 있었다.

"엄마 아빠가 사랑해서 나를 낳았어요."

그 문장을 보는 순간 성소수자들이 그간 겪어 왔을 고통의 무게가 고스란히 전해졌다. 자신들의 성 정체성을 자각하게 된 후부터 얼마나 많은 자기 부정과 싸워야 했을까. 피켓을 든 여성은 침묵으로 말하고 있었다. "너는 잘못 태어난 존재가 아니야. 사랑의 결실이야. 충분히 사랑받을 자격이 있어."

당신의 성 정체성을 존중한다는 백 마디 응원보다 피켓의 그 문장이 더 큰 울림을 남겼다. 존재를 감싸 안는 말보다 더 큰 배려의 말은 없는 법이다.

누구에게든 손가락질하고
싶은 마음이 들 때는 말이다,
세상 사람들이 모두 너처럼
좋은 환경을 타고난 게
아니라는 걸 꼭 명심하거라.

F. 스콧 피츠제럴드, 『위대한 개츠비』
(김욱동 옮김, 민음사, 2010)

앞서 얘기한 지하철에서의 일화를 되새겨 본다. 그날 장애인을 왜 데리고 나왔냐 했던 여성과 '그런 거'를 낳았다며 비웃던 남성과 깔깔깔 웃어 댄 차량 안의 승객들이 나쁜 사람이었을까?

그렇지 않다는 게 문제다. 그들은 아마 대체로 선량하고 바른 시민일 것이다. 사회적 약자에 대한 부당한 뉴스를 접하면 내일처럼 분노하고 가끔은 봉사활동도 하고 자식들에겐 정의로운 사람이 되어야 한다고 가르칠 것이다. 그런 선량한 사람들이 차별한다. '선량한 차별주의자'라는 말에 반박할 수 없는 건 이런 이유에서다. 차별을 인지하지 못한 상태로 차별하는 선량한 사람들. 이 부분이 언제나 어렵다.

차별하는 건 차별하는 대상을 나와 다른 존재로 본다는 뜻이다. '나와 같은 너'가 아닌 '나와는 다른 너'라는 인식이 밑바탕에 깔려 있다. 장애인 초등학생과 부모를 '나와 다른 너'로 규정하고 선을 그은 덕에 지하철 안의 모두는 그들을 웃음거리 삼아 일종의 일체감이나 소속감을 느낄 수 있었다. 우리는 비장애인이라는 안도감 내지 우월감. 그로부터 발생한 공통의 소속감.

차별을 의식적으로 인식하고 멈춰야 하는 이유는 사회적 약자를 배려하기 위해서만이 아니다. 자신을 위해서기도 하다. 차별이 일상이 된 사회에서는 상황에 따라 내가 다음번 차별의 대상이 된다. 졸업한 학교에 따라, 사는 동네에 따라, 연봉에 따라, 외모나 나이에 따라 우리는 차별하는 준거집단에 속하기도 하지만 차별받는 아웃사이더가 되기도 한다.

내가 하면 당연, 내가 받으면 차별. 이 부조리를 나부터 깨지 않는 한 우리는 차별하고 차별받는 뫼비우스의 띠와 같은 지옥에서 벗어날 수 없다.

분명한 것은 장애인의 면전에서
욕설하는 것만이 혐오가
아니라는 사실이다. 장애인이
감히 자신을 장애인이라고
말하지 못하도록 하는 암묵적인
질서도 혐오다. 비장애인
중심의 사회에서 장애인이 아주
사소한 배려를 받는 것조차
미안해하고 눈치를 보도록 하는
분위기도 혐오다.

송영균, 「그 학과에는 정말 장애인이 없을까」
『허핑턴포스트코리아』 2017년 11월 21일 자

하루는 강연을 끝내고 집에 가려는데 20대로 보이는 여성이 출구에서 기다리고 있다. 무슨 일이냐 물으니 눈물을 왈칵 터트린다. 뇌전증이 있다고 한다. 주변 사람들에게 뇌전증이 있다는 사실을 밝히는 게 힘들다며 아들이 발달장애인임을 당당히 밝힐 수 있었던 비결을 묻는다. 비결이라……. 나는 문제의 가장 빠른 해결방법이 정면 대결이라는 생각으로 산다. 무엇이든 숨겼다 들키면 약점이 되지만 스스로 공개하면 약점이 되지 않는다. 아들을 위해서가 아닌 나 자신을 위해 아들의 장애를 처음부터 공개한 셈이다.

당당히 공개하자고 했다. 먼저 알리는 게 중요하다고 했다. 그래야 필요할 때 적절한 지원을 받을 수 있고 언제 들킬지 몰라 전전긍긍하는 예기 불안에서 벗어날 수 있다고. 물론 말 안 하면 모를 수도 있는 사실을 굳이 공개한다는 게 망설여지기도 할 것이다. 사람들은 '장애'나 '뇌전증' 등의 단어를 들으면 당황한다. 어떻게 대해야 할지 모르겠고 괜히 조심스럽다. 낙인을 찍기도 한다. 무엇이든 장애나 뇌전증과 연결해 생각하기도 한다.

그래서 공개할 때의 태도도 중요하다. 너무 조심스러울 필요도, 굳이 진지할 필요도 없다. "여러분. 저 뇌전증 있어요. 워워. 그렇게 대놓고 어색해하면 제가 무안하잖아요"

가볍게 공개하자. 특별하지 않게 말하자. 장애나 뇌전증은 상황에 따라 특별한 지원이 필요할 뿐이지 그 자체가 곧 삶의 장애 요소는 아니다. 특별한 지원이 필요한 나의 상태를 자연스럽게 말할 수 있고 그런 얘기를 들었을 때 자연스럽게 반응할 수 있으면 그것이 배려가 오가는 모습이다. 배려한다는 생각에 조심스러워하고 어색해하는 것, 그것만큼 큰 상처도 없다.

작은 것은 흘려보내고 큰 것만
대응하는 것이 아니라 작은
일도 챙겨야 나중에 큰 것도
챙길 수 있는 힘을 가진다.
'좋게 좋게' 넘어가자는 담합의
유혹에 내가 설득당할 때,
잘못된 관행은 점점 고착될
수밖에 없다.

임경선, 『태도에 관하여』
(한겨레출판, 2015)

뇌전증 이야기가 나온 김에 하나 더 보탠다. '지랄'이라는 단어도 사용하지 않았으면 좋겠다. '지랄하다.' 활동형 동사로는 '지랄한다.' "마구 법석을 떨며 분별없이 행동하는 모습을 이르는 말"이라고 사전에 명시돼 있지만, 사실 뇌전증 있는 사람을 비하할 때 쓰는 말이다. 뇌전증은 과거 간질이라 불렸고, 간질은 속된 말로 지랄병이라 불렸다. 대발작이 일어나 온몸을 떠는 모습을 보고 지랄이 났다고 표현했다.

바보와 병신이라는 말도 사용하지 말자고 하고 지랄한다는 표현도 쓰지 못하게 하면 대체 무슨 말을 하며 살라는 거냐고? 대체할 말을 찾으면 된다. 나는 이 책을 읽는 독자가 아주 창의적일뿐더러 따뜻한 감성을 지니고 있다는 것을 안다. (그렇지 않다면 '배려'라는 키워드가 주를 이루는 이 책을 애초에 골라 읽지도 않았을 것이다.)

"이 바보야" 대신에 "이런 순수한 뇌를 보았나", "병신 같은 놈" 대신에 "허허, 이 상큼한 녀석. 신체 일부가 불편하기라도 한 거니" 정도의 표현을 써 보면 어떨까? "이 새끼, 지랄하네"라는 말을 대신해 "친구여, 왜 난리를 치면서 나를 당황스럽게 하는가? 자, 우리 마음을 가다듬고 명상의 나라로 함께 떠나보자"라고 했다가 뒤통수를 한 대 맞아도 좋다. 누군가를 상처 입히고 말겠다는 목적이 있는 게 아니라면 단지 습관이 되어 버렸을 뿐인 몇 마디 말을 바꿔 쓰는 것으로 누군가를 배려하는 편이 훨씬 낫다.

배려는 대단한 일이 아니고 인권 감수성도 어려운 것이 아니다. 우리는 사람이니까, 사람이 사람에게 상처 주지 않는 것도 배려니까, 그 작은 일을 실천하고 살면 된다.

당신이 사랑받지 못한다고 해도
그것은 당신 잘못이 아니다.
시험을 못 봤다고 해서 나쁜
학생이 아닌 것처럼.

윤홍균, 『자존감 수업』
(심플라이프, 2016)

인터뷰 요청을 해 온 기자가 나를 파악한 부분이 흥미롭다. 나를 한국인 평균 이상의 자존감을 가진, 자기효능감이 높은 사람으로 본 것이다. 글쎄, 그런가? 나를 돌아보기 시작했다. 나는 어떻게 자기효능감이 높은 어른으로 자랄 수 있었나? 과거를 돌이켜 보니 하나의 지점에 가 닿는다. 부모로부터 구박당했다고 느낀 덕이다. (내가 그렇게 느꼈다는 것이지 사실은 다를 수 있다.) 사정은 이렇다.

부모님은 학구열이 높았고 학창 시절 우리 집은 '공부 지상주의'가 지배했다. 동생들은 공부를 잘했지만 첫째인 나는 공부 못하는(안 하는) 천덕꾸러기였다. 그 죄로 늘 구박을 당한다고 느낀 사춘기 소녀는 살기 위해 부모님 대신 스스로를 칭찬하기 시작했다. "너는 그렇게 구박받으면서 어쩜 이렇게 명랑해?"라고 묻는 친구에게 "난 공부는 못지만 성격이 좋잖아. 그러니까 괜찮아"라고 뻔뻔히 답했다. 공부만 아니면 칭찬할 일은 많다. 심지어 수학시험에서 31점을 맞고도 칭찬했다. 『수학의 정석』을 단 한 장도 보지 않고 문제의 3분의 1을 맞춘 게 어디냐며 까르르 웃었다. 결과적으론 그편이 나았다. 지금 내 인생의 무게중심은 적어도 나, 내 안에 있으니까. 타인의 평가보다 나 자신의 만족에 더 큰 비중을 둔다.

타인의 관심과 배려가 고픈 시기가 있다. 하지만 그때 우리 모두가 외부에서 충분한 자양분을 얻을 수 있는 것은 아니다. 그렇다 해서 삐쩍 말라죽진 말아야 한다. 스스로 필요한 것을 채우면 된다. 남이 안 주는 관심과 배려, 내가 나에게 주면 된다. 그렇게 얻은 자양분이야말로 온전한 내 것이 되어 삶을 탄탄히 지탱한다.

과거는 그것이 잘된 것이든
그렇지 못한 것이든 우리들의
삶 속에 깊숙이 들어와
있는 것이지요. 그리고 미래를
향해 우리와 함께 길을
가는 것이지요.

신영복, 『강의』
(돌베개, 2004)

수능점수에 맞춰 철학과에 입학했다. 처음엔 창피했다. 미팅을 나가면 상대방이 "점 볼 줄 아느냐"고 물었다. 철학이란 건 그런 게 아닌데. 어떻게 살지 방향을 정하고 세상에 대한 자기 생각을 갖게 하는 공부가 철학인데.

입학해서는 연극동아리에 가입했다. 연극을 통해 무대를 즐기는 법과 시선 앞에 당당해지는 법을 배웠다. 그래서일까. 아들과 함께 다니며 받는 시선에서 그나마 빨리 자유로워졌다.

대학교 3학년 겨울방학 때는 아르바이트를 했다. 공고를 보고 상담 업무라 예상하며 찾아갔더니 컴퓨터 학원에 수강생을 등록시키는 영업 상담 업무였다. 그곳에선 말하는 법을 배웠다.

졸업 후 기자 생활을 하면서는 출입처에 따라 각기 다른 것을 배웠다. 잡지사에서는 명품과 패션의 세계를 배웠고 신문사로 넘어가 사회부에서 일하면서는 사회적 약자의 고단한 삶을 배웠다. 정치부에서는 사람을 100퍼센트 믿으면 안 된다는 교훈을 얻었고 현상 이면을 보고 큰 그림을 그리는 법도 배웠다. 엄마가 되고, 장애 아이의 엄마로 살면서 계속 새로운 것을 배우고 있다.

어느 날 친구가 말했다. "나는 너처럼 할 줄 아는 게 없어." 이 말에 진지하게 반대한다. 누구든 자신이 어떻게 살아왔는지를 살펴보면 무엇을 할 수 있는지 알 수 있다. 오랜 시간 경험을 통해 배운 것들이 보이고 그 경험이 지금의 나를 형성하고 있다는 것, 그것들을 통해 나만이 할 수 있는 일, 해야 할 일, 하고 싶은 일이 있음을 알게 된다.

기운 없이 침울해 있는 친구에게 해 줄 수 있는 배려의 말은 바로 이것이었다. 역사는 누구에게나 있다고. 특별한 누군가만이 아닌 평범한 일상을 사는 우리 모두에게 있다고. 그 역사를 통해 우리는 각자의 미래로 나아갈 수 있다고.

부부싸움 규칙 중에
이런 게 있습니다. '돈 히트
언더 더 벨트.' Don't hit under the belt.
권투할 때 벨트 아래를 치면
반칙이듯이 상대가 너무나
아파할 것들이 있는데 그걸
건드리면 회복하기 어렵습니다.
그 부분은 사람마다 다릅니다.

김용태, 『올 어바웃 해피니스』
(김아리 엮음, 김영사, 2019)

역린逆鱗이다. 임금님의 노여움을 비유하는 말로, 건드리면 반드시 살해된다는 그것. 사람 간의 관계에서는 건드려서는 안 되는 마지노선이 분명히 존재한다. 상대를 위해 주는 것만이 배려가 아니다. 상대의 역린을 건드리지 않는 것도 배려다.

아이들이 어렸을 때 남편과 밥 먹듯 부부싸움을 했다. 남편의 태도는 거칠었고 그 태도에 대항하기 위해 나는 종종 남편의 가장 약한 부분을 건드렸다. 비겁했지만 효과가 확실했다. 거친 태도에 상처 입은 내 마음은 회복속도가 빨랐지만 잔인한 말에 상처 입은 남편은 그러지 못했다. 내가 남편의 역린을 타깃으로 삼은 탓이다.

물론 지금은 그러지 않는다. 나이가 들어서이기도 하지만 그나 나나 오랜 시간 싸우다 겨우 찾게 된 지금의 평화를 깨고 싶지 않은 마음이 크다. 여전히 싸우기도 하고 서로 미운 말도 하지만 전보다 태도는 정중해졌고 상대에게 지켜야 할 마지막 선은 넘지 않도록 노력한다.

너무 가까워서 0촌이라는 부부 사이. 배려했기 때문에 관계가 회복된 것인지 관계가 회복됐기 때문에 배려로 유지하는 것인지는 모르겠다. 어쨌든 그 가깝다는 관계에서 배려가 오가기 시작하니 무엇보다 소통이 원활해졌음을 느낀다. 이 단계에 이르기까지 미친 듯이 싸우면서도 서로를 포기하지 않았던 시간이 새삼 고맙게 느껴진다.

우리가 역사를 공부하는 이유는
미래를 대비하기 위해서가
아니라 우리의 지평을 넓히기
위해서이다. 현재의 결과가
당연하지도 필연적이지도
않다는 것을 이해하기
위해서이다.

유발 하라리, 『호모데우스』
(김명주 옮김, 김영사, 2017)

페미니즘 독서모임을 시작하기 전까지 가부장제에 별다른 문제의식을 느끼지 못했다. 아니, 아예 인지하지 못했다. 집에는 원래 가장이 있고 아빠나 남편이 그 역할을 하는 거잖아. 그게 당연한 거 아냐? 그러다 『이임하의 여성사 특강』을 읽고 함께 토론하며 처음으로 가부장제에 배신감을 느꼈다. 당연한 게 당연한 게 아니었다.

고려시대까지만 해도 우리나라는 처가살이가 자연스러운 모계사회였다고 한다. 결혼해 자식을 낳고 아이들이 자라고 나면 그제야 부부는 시가로 들어가거나 분가했다. 이런 구조 속에서 남녀는 하는 일의 차이는 있을지언정 지위는 동등하게 보장받았다. 상속 시에도 장자와 차자, 아들과 딸 구분 없이 부모의 재산을 동등하게 이어받았다.

그러다 조선 시대로 넘어왔다. 남성 성리학자들이 권력 구조 재편을 위해 유교를 들여와 가부장 체제를 구축하기 시작했다. 이때부터 남성과 여성의 지위가 수직 구조로 바뀌었다. "가부장이 원래부터 있던 게 아니었어?" 배신감이 솟아난 이유다.

그런데 이날 모임에서는 배신감과 별개로 거대 담론에 의해 구조가 바뀐다는 사실을 배웠다. 남성 성리학자들이 가부장이라는 담론을 일구며 사회 구조를 바꾸자 권력 관계, 풍습, 관념이 모조리 바뀌었다. 그렇다면 우리에게도 희망이 있다. 앞으로 일궈 낼 거대 담론을 통해 우리도 사회구조, 시스템, 생각과 관념까지 바꿀 수 있다.

나는 서로가 서로를 배려하는 사회를 꿈꾼다. 발달장애인 아들을 위해서이기도 하지만 동시에 비장애인 딸을 위해서이기도 하다. 너와 내가 동등하고 모두가 존재 자체로 인정받으며 정상과 비정상이 없는 사회. 거대 담론을 일궈 낼 수만 있다면 가능하리라. 성리학자들도 한 일을 우리라고 못할 이유가 없다.

당신이 백인이라면 인종이,
시스 남성이라면 젠더가,
이성애자라면 성이,
비장애인이라면 장애가,
당신이 벽들을 쉽게 통과하게
할 수 있다. 어떤 몸은 벽에
막혀 더 이상 갈 수가 없고,
멈춤 없이 무사 통과하는
당신은 벽을 만날 일이
없다. 누군가에게 가장 뚫기
힘든 것이 누군가에게는 아예
존재하지 않는다.

사라 아메드, 『페미니스트로 살아가기』
(이경미 옮김, 동녘, 2017)

외부 세계의 자극을 받아들이고 느끼는 성질을 일컬어 '감수성'이라 하고, 그중에서도 일상에서 마주하는 여러 차별적인 사회 문제를 인권 차원에서 인지하고 문제의식을 갖는 민감도를 '인권감수성'이라고 한다. 사실 장애 아이 엄마인 나도 다른 유형의 장애에 대해서는 감수성이 부족했음을 고백한다. 그런 나를 마주한 계기가 있었다.

나이가 들었는지 가끔 맛있는 된장찌개가 생각난다. 인터넷으로 된장찌개 맛집을 검색해 유명한 집을 찾아 갔는데 꽤 만족한 터라 예쁘게 사진을 찍어 페이스북에 포스팅했다. 맛있어 보인다는 사람들에게 한번은 가 볼 만하다며 추천하는 댓글을 남기는데 한 지인이 "가게 안으로 휠체어도 진입할 수 있느냐"고 물었다. 가게 출입구에는 계단이 있어서 휠체어 진입은 불가능했다. 이 사실을 알리자 그는 먹고 싶지만 갈 수 없겠다며 포기했고 나는 적잖이 놀랐다.

발달장애인인 내 아들은 이동이 자유롭다. '이용'이 문제지 '이동'엔 큰 어려움이 없다. 하지만 휠체어 탄 지체장애인에겐 늘 이동이 문제다. 작은 턱만 있어도 벽에 가로막힌다. 장애인판에 속해 있다는 나조차도 발달장애만 예민하게 살폈을 뿐 다른 장애 유형에 대해서는 감수성이 부족했다는 것을 이날 이렇게 알게 되었다.

장애인이 배려받는 사회에선 모두가 배려받을 수 있다. 식당 입구에 계단이 없으면 노인과 아이와 다리에 깁스한 청년까지 모두 편하게 드나들 수 있다. 지체장애인 이동권을 위해 설치된 지하철 엘리베이터를 노약자는 물론 유아차를 끄는 사람까지 유용하게 사용하는 것처럼. 장애인을 위해서가 아니다. 누구에게나 벽 없는 사회를 만들기 위해 우리 모두 인권 감수성을 높일 필요가 있다.

이제는 평등을 넘어
정의에 대해 말해야
할 때입니다.

김태훈(칼럼니스트)

038

한 재단 초청으로 칼럼니스트 김태훈과 함께 '장애인지 감수성'을 주제로 무비토크를 진행했다. 장애인의 관점에서 세상을 바라보고 생활 속 불편이나 부당함 등을 인지하는 감수성을 길러 보자는 취지로 마련된 자리였다. 사실 장애인지 감수성이 풍부한 비장애인을 만난 경험이 많지 않다. 나조차도 아들을 낳기 전까지는 장애를 먼 나라 남의 일로 여겼고 장애 인권에 대해서는 제대로 생각해 본 적이 없다. 그래서인지 이날 만난 그는 정말 의외였다. 처음에는 '우와, 연예인이다' 하는 마음으로 신기하게만 봤는데 계속 보니 이 사람, 장애인지 감수성이 높다. 특히 존엄에 관해 이야기하며 "이제는 평등을 넘어 정의를 말해야 할 때"라고 했을 땐 눈이 번쩍 뜨였다.

오랫동안 나는 '평등의 실현'을 추구했다. 장애인인 아들이 비장애인 나와 평등한 권리를 누리며 사는 삶을 꿈꿨다. 내가 하는 일에 의미가 있다면 그건 아들에게 나와 똑같은 권리를 찾아 주기 위해서일 터였다. 그런데 정의란다. 평등을 넘어선 정의. 이제는 정의를 추구할 시기가 되었단다. 이건 사회적 약자의 입장을 배려한 말이다. 사회적 '강자'는 굳이 정의나 인권을 거론하지 않아도 권리를 침해받지 않는다.

비장애인 중심으로 구축된 사회에서 평등이라는 가치가 오히려 장애인에게 불평등으로 작용하는 경우를 왕왕 겪었다. 그럴 때마다 벽에 부딪힌 난 혼란스러웠다. 출구를 못 찾고 미로에 갇힌 느낌. 그런데 이정표가 나타났다. 정의라는 이름의 이정표. 이제 정의를 기준으로 삼고 방향을 정해 보려고 한다. 평등을 넘어 정의를 얘기해도 될 시점이니까. 앞으로는 덜 헤맬 듯하다. 이 말에 기대어 한 걸음 더 나아갈 수 있을 것 같다.

노년의 부모를 이해하면
나의 미래 모습을 이해할 수
있다.

히라마쓰 루이, 『노년의 부모를 이해하는 16가지 방법』
(홍성민 옮김, 뜨인돌, 2018)

정혜신 교수의 『당신이 옳다』에서 한 노인에 관한 에피소드가 인상 깊게 다가왔다. 세월호 특별법 서명을 받던 곳에서 막말을 하던 할아버지가 있었는데 정 교수가 그의 살아온 이야기를 들어주자 "내가 아까 그 아이 엄마들한테 욕한 건 좀 부끄럽지" 하며 유족들에게 사과했다는 내용이다. 외로움, 아무도 내 얘기를 들어줄 사람이 없다는 외로움이 정말 크다는 게 불쑥 와닿았다.

어렸을 때부터 아빠는 공자 왈 맹자 왈을 줄줄 읊는 훈장님 같았다. 평소 잔소리는 안하지만 '좋은 말씀'으로 훈화를 시작하면 좀처럼 짧게 끝나지 않았다. 어릴 때는 몸을 배배 꼬면서도 아빠의 이야기를 들었지만 불혹이 훌쩍 지난 지금은 중간에 끼어들어 말을 자른다. "에이, 요즘엔 그런 말 하면 안 돼요. 여자 남자 그런 게 어딨어요." 동생들도 마찬가지다. 직장 생활할 때 정치색을 너무 강하게 드러내지 말라는 아빠의 말에 남동생도 가위부터 들이민다(전라도 출신으로 서울에서 직장을 다닌 아빠는 그래야만 했던 시대에 살았다). "상관없어요. 요즘에 누가 그래요." 무안해진 아빠는 책으로 눈을 돌린다. 갈수록 말수가 준다.

노인이 된다는 건 어쩌면 외부 세계로부터 침묵을 강요당하는 일이 늘어 간다는 의미일지도 모른다. 신체 노화가 노인을 인증하는 게 아니라 입에 지퍼를 채우도록 강요받는 암묵적 외부 공기가 노인을 늙게 만들고 있는지도.

상대 이야기에 귀 기울이는 것도 배려. 사랑하는 아빠, 엄마, 할아버지, 할머니의 이야기를 듣는 게 뭐 그리 어려운 일이라고 우리는 이토록 인색해졌을까. 어쩌다 젊은이의 오만함을 나이든 부모 앞에서 내세우게 되었을까. 지금 내 부모의 모습이 미래의 내 모습일 텐데 말이다.

사람이 지닌 고유한 향기는
사람의 말에서 뿜어져 나온다.

이기주, 『말의 품격』
(황소북스, 2017)

비장애 중학생의 학부모들에게 강연 초청을 받았다. 이날이 특별히 기억에 남는 건 "장애 학생 때문에 비장애 학생이 상처받는다"는 말을 들어서다. 장애와 상관없이 친구끼리 서로 좋아하고 싫어할 수 있는데, 장애인 친구를 싫어하는 마음을 표현하면 인성 나쁜 학생이 되고, 그런 인식 때문에 비장애인이 (괜한) 상처를 받게 된다는 거다. 예상 못한 말에 당황했던 나는 그 자리에서 시원하게 대응하지 못했다.

하지만 이제는 말할 수 있다. 타인에 대한 호불호는 개인의 권리이자 자연스러운 감정이니 표현해도 된다고. 장애인에게도 호불호를 드러내도 될까? 된다. 이때 역시 장애인이라서 다르게 대하면 차별이 될 수 있다. 하지만 다음으로, 적어도 자기 말의 무게는 알자는 말도 함께 하고 싶다.

김지혜 교수는 『선량한 차별주의자』에서 다수자가 역차별에 항의할 때, 그러니까 "장애인 한 명 때문에 나머지 학생이 수업에서 피해를 받는다"고 느낄 때, 여기에는 '마땅히 차별당해야 할 소수자가 차별당하지 않고 있다'는 전제가 깔려 있다고 이야기했다. 더 깊이 들어가 본다. 이번엔 권력과 구조화에 대한 얘기다. 교실에서 장애 학생은 소수고 소수는 일반적으로 약자 위치에 선다. 나머지는 비장애인이라는 공통점으로 처음부터 구조적 우위를 선점한다. 우위에 선다는 건 권력을 가진다는 의미이고 권력이 있다는 건 영향력을 행사한다는 뜻이다. 권력 가진 자의 입에서 "싫다"라는 말이 나오는 순간 구조의 하층부에 있는 장애 학생은 '싫다는 말을 들어도 되는 존재'로 대상화되어 버린다.

그때 이 이야기를 해 줬으면 좋았을 걸. 싫은 사람에게 싫다고 말하는 건 자유지만 자유를 행하며 하는 말이 상황과 관계를 어떻게 구조화시키는지 알았으면 좋겠다고. 알고 나서도 할지 말지는 각자의 선택이다. 인성은 그 후에 따질 일이고.

인생은 폭풍우 속에서
어떻게 살아남을 것인가가
아니라 빗속에서 어떻게
춤을 추는가이다.

류시화, 『좋은지 나쁜지 누가 아는가』
(더숲, 2019)

"승연이 너는 내 보물이었어야."

96세의 할머니가 이불 위에 누워 계신다. 어쩌면 이번이 할머니를 만나는 마지막 순간일지 모른다. 며칠 후 할머니는 요양원으로 가실 예정이다. 나를 본 할머니의 눈에 눈물이 고인다. 가장 예뻐했던 손녀인데 장애가 있는 아들을 낳아 힘들게 사는 모습을 보고 늘 마음에 걸려 하셨다. 손을 내미신다. 주름진 손이 내 손을 잡으며 "너는 내 보물"이었다 말씀하신다. 두 달 뒤 요양원에서 할머니는 임종을 맞았다.

2016년 초였다. 할머니의 임종과 더불어 또 한 가지 힘든 일이 찾아왔던 때다. 정신을 차릴 수가 없었다. 하지만 마음 놓고 슬퍼할 수 없는 내 이름은 '엄마'였으니, 살기 위해 온 집을 뒤엎기 시작했다. 가구 재배치는 물론 혼자 도배까지 했다. 무엇이든 매달릴 것이 필요했다. 상실감을 견딜 수 없었다.

그렇게 버티고 버티다 끝내 버티기 힘든 순간이 오면 할머니의 말을 떠올렸다. '나는 할머니의 보물이다. 그런 나는, 할머니를 위해서라도 다시 반짝여야 한다. 이대로 어두컴컴한 암흑 속에서 나머지 삶을 버리듯 없는 듯 살아 버리면 안 된다.' 그리고 그해 말 아들에 대한 글을 쓰기 시작했다. 나는 글을 쓸 때 가장 반짝이니까. 아이들이 잠든 새벽마다 책상에 앉았다.

인생에는 때로 버티는 것조차 힘겨운 시기가 온다. 그럴 땐 삶이 그저 살아져도 힘이 부친다. 하지만 우리 삶은 살아지는 게 아니라 살아 내야 한다. 우리는 모두 누군가의 보물이기에. 누군가의 보물이 아니었던 사람은 없기에. 그를 위해서라도 살아 내야 한다. 빗속에서 춤을 춰야 한다. 내리는 빗방울 속에서 춤추는 모습은 누구라도 반짝반짝 빛날 테니까.

누군가를 행복하게 하면
나는 더 행복해지니까요.
당신이 어떤 식으로든 타인을
돕겠다고 결심한다면 그 일로
가장 큰 이득을 얻는 사람은
바로 당신이에요. 정말 놀라운
기쁨이 생기거든요.

캐서린 A. 샌더슨, 『생각이 바뀌는 순간』
(최은아 옮김, 한국경제신문, 2019)

지방에 내려가려고 서울역에 갔다. 초라한 행색의 할아버지가 에스컬레이터 끝에 서서 "천 원만 주세요"라며 사람들에게 구걸하고 있었다. 무시하기로 했다. 현금도 없었다. 계획대로 무시하고 지나쳤는데 몇 걸음 못 가 멈췄다. 내 뒤의 사람에게 "라면 사 먹게 천 원만 주세요"라고 하는 말을 들은 것이다. 라면이 먹고 싶다고? 천 원만 달라는 말은 무시할 수 있지만 라면이 먹고 싶다는 말, 배고프다는 호소는 외면할 수 없다. 뚜벅뚜벅 되돌아갔다.

"할아버지, 배고프세요?"

"배고파요."

"제가 현금이 없거든요. 따라오세요. 차라리 밥을 사 드릴게요."

서울역 구내에 있는 식당에 갔다. 할아버지는 소고기국밥을 주문했고 나는 카운터로 가 계산을 했다.

"계산 다 했으니 드시고 가세요."

"아이고 고맙습니다. 감사합니다."

기차 안에서 내가 한 일을 생각했다. 선한 일을 했다. 하지만 결코 할아버지만을 위한 일이 아니었다. 배고프다며 도움을 요청하는 목소리를 들었고, 나는 나만의 방법으로 그를 도울 수 있는 위치에 있었다. 도울 수 있는 상황인데도 그를 외면했다면 온종일 불편한 마음이 드는 건 할아버지가 아닌 나였을 것이다. 그러니까 나는 내 마음 편하려고 할아버지를 도왔다고 보는 게 솔직하다.

선의라는 게 이런 것일 수 있구나. 타인을 위하는 것 같지만 결국 내가 선의를 행함으로서 얻는 무형의 이익(타인의 칭찬이든 자기만족감이든)이 있기에 행하게 되기도 하는구나. 배려도 그렇다. 타인을 위하는 것 같지만 결과적으로는 자신을 위한 것이기도 하다.

다이어트는 '아름다움의 문제가
아니라' 여성의 자아 존중감과
관련된 문제이다. (……)
음식이 적이요, 자신의 몸은
늘 배신자가 되는 상황에서
다이어트는 자기혐오를
내면화하는 과정이 된다.

정희진, 『페미니즘의 도전』
(교양인, 2013)

첫사랑과 헤어지고 1년 동안 체중이 13킬로그램 늘었다. 마음을 추스르고 살을 빼기 위해 당시 강남에서 유명하던 한의원을 찾았다. 첫 상담 날, 70세쯤으로 보이는 원장 할아버지가 다짜고짜 반말을 시작했다. "여자란 자고로 비가 내리면 쇄골에 빗물이 고여야 하는데, 쇄골이 있기나 해?" 쇄골이 살에 파묻혀 있던 난 얼굴이 빨개졌다. "여자란 말이야, 가랑이 사이로 바람이 솔솔 드나들어야 하는데 허벅지 찰싹 붙어 있지? 그 몸뚱이로 어디 여자라 해! 너는 고깃덩어리야. 비곗덩어리!" 20여 년 전 일이다. 당시 20대이던 나는 이런 상황에서 나를 방어할 언어가 없었다. 모욕감에 얼굴이 새빨개진 채 원장실을 나와 백만 원이 넘는 다이어트 코스를 등록했다.

당시 충격은 오랫동안 나를 잠식했다. 나는 여자가 아닌 비곗덩어리다. 외모주의의 늪에서 허우적대는 날 위해 독서모임에서 클로딘느 사게르의 『못생긴 여자의 역사』를 함께 읽고 토론했다. 알고 보니 여성에 대한 외모 평가는 일종의 '신분 표지'처럼, 여성을 억압하기 위한 수단으로 과거부터 오랫동안 사용되어 왔다. 추한 외모는 개인의 문제가 아니었다. 사회의 문제, 구조의 문제였다.

구조가 눈에 보이면 개인은 자기혐오에서 자유로워질 수 있다고 배웠다. 하지만 난 유독 이 문제에서만큼은 구조를 보면서도 구조 밖으로 탈출하는 데 애를 먹었다. 이제라도 그 원장을 찾아가 따져야 할까? 살아 있기나 할까?

말이라는 게 이렇게 무섭다. 배려 없이 아무렇게나 던져진 말이 이렇게나 오래 무서운 흔적을 깊이 남기는 법이다.

어떤 가족에 속하든 다양한
개인들의 공동체인 가족이
형태에 따라 차별받지 않을 수
있어야 한다.

김희경, 『이상한 정상가족』
(동아시아, 2017)

페미니즘 공부를 하면서 이 사회를 둘러싼 거대한 무형의 시스템, 구조화된 세계를 알게 된 것은 경이로운 일이었다. 마치 영화 『매트릭스』 속 네오가 된 기분이었다. 여기도 있었네, 구조화. 저기도 있었어, 구조화! 당연한 게 당연한 것이 아니었다는 사실을 알게 된 후의 배신감은 컸다. 알고 나자 세상이 다르게 보이기 시작했다. 균열이다. 빨간 드레스 입은 여성이 지지직 소리를 내며 매트릭스로 변하는 모습을 지켜본 네오의 심정이 이랬을까.

가장 먼저 균열이 간 건 가족에 대한 관념이다. '정상 가족' 프레임이 깨졌다. 남편과 아내, 아들과 딸의 4인 가정이 정상이라는 생각이 내 무의식에 박혀 있던 걸 알게 됐다. 딸만 있는 여동생에겐 한 명 더 낳으라 권했고, 친척 동생에겐 "결혼해야지"라는 말을 습관처럼 했다.

그게 문제냐고? 문제 맞다. 정상 가족 프레임이 작동하면 프레임 밖에 있는 사람은 비정상으로 간주된다. 한부모 가정이나 이혼한 개인, 조손 가정, 부모가 외국인인 가정, 나홀로 가구, 자식 없는 부부, 결혼하지 않은 성인은 모두 '정상'이라는 울타리 밖에 놓인다. 장애인 가정도 마찬가지다. 이런 생각만으로도 누군가는 비정상이 되어 이너서클Inner circle 밖으로 배제당하는 일이 일어난다.

구조화를 당연하게 받아들이는 사고는 배려와 거리가 멀다. 나아가 '배제'라는 단어에 힘을 실어 주는 명분이 될 수도 있다.

정상은 그저 평균적으로
많은 쪽에 써 붙인 포스트잇
같은 거야. 떼어 버리면
그만이지.

오승현, 『차별은 세상을 병들게 해요』
(개암나무, 2018)

정상 가족 프레임에서 벗어나기 어렵다면 역지사지해 보는 것도 도움이 된다. 언젠가 프레임 밖으로 밀려날 자신을 위해 생각을 의도적으로 바꾸어 보는 것이다.

지금 내가 속한 가족은 '정상 가족'이지만 훗날 자식이 자라 독립했다고 가정해 보자. 배우자가 사망하면 남은 이는 1인가구가 된다. 서류상으로는 남아 있는 자식들이 여전히 나의 가족이지만 내 옆을 지키는 '진짜 가족'은 이웃에 사는 같은 처지의 독거노인이나 부녀회 노래 교실 회원, 요양원 동료나 강아지일 수 있다. 가족의 개념이 달라진다. 혈연보다 관계가 우선시된다.

생각해 본다. 나는 왜 정상 가족 프레임에 갇혀 있었을까? '사회의 기본 단위는 가족'이라고 배웠기 때문이다. 어릴 때는 학교에서 자라서는 미디어를 통해 깊이 세뇌되었다. 할리우드 상업 영화도 한몫했다. 특히 위기 상황에서 가장을 중심으로 가족이 뭉치는 모습을 보며 정상 가족의 소중함을 곱씹곤 했다. 재미있는 사실은 그런 영화에서 비혼인이나 게이, 레즈비언 같은 성소수자는 곁다리로도 살아남지 않는다는 거다. 오히려 정상 가족의 당당한 구성원인 강아지는 끝까지 살아남지만.

정상 가족이란 없다. 우리 모두 언젠가는 정상 가족이 아니게 된다. 정상 가족은 없되 그냥 가족은 다양한 모습으로 존재한다. 단란한 4인 가족, 즐거운 비혼주의자들의 공동체, 고양이와 집사가 함께 사는 따뜻한 공간, 베트남인 아빠와 캐나다인 엄마와 한국인 딸로 구성된 다국적 가족. 모두가 가족이다.

정상이 없으니 비정상도 없다. 어떤 모습이든 우리 모두는 '정상'이다.

나는 당신 의견에 반대한다.
하지만 당신이 그 말을
할 수 있는 권리를 위해
싸우겠다.

볼테르(철학자)

046

독서 모임 2기로 들어온 회원 중에 딱 내 스타일인 여성이 있었으니, 그녀는 치과의사인 신사임당이라 한다. 당신 이야기를 써도 되겠냐는 전화에 흔쾌히 자신의 이름을 밝혀도 된다고 허락했으나 혹여라도 내 의도를 잘못 해석하는 누군가가 있을지도 모른다는 생각에, 그녀를 생각하면 떠오르는 이미지인 신사임당으로 부르기로 한다. 이때 신사임당은 우리가 흔히 생각하는 현모양처가 아니라 자신의 인생을 주체적으로 설계해 가는 당당한 여성으로서의 신사임당임을 밝히는 바다.

어쨌든 신사임당은 왜 페미니즘을 공부하려 하느냐는 질문에 이렇게 답했다. 나이가 오십을 바라보니 이제 나에게 이래라저래라 지시를 내리는 사람이 없더라고. 어느덧 나는 갑의 위치가 돼 있더라고. 하지만 내가 관계 맺고 일하는 사람들은 상대적 을의 위치에 있다고. 갑질하지 않기 위해, 몰라서 하는 실수를 범하지 않기 위해, 여성 인권이자 사회적 약자의 인권이기도 한 페미니즘을 공부하려 한다고. 내가 아닌 그들을 이해하기 위해 알고자 한다고.

배려의 기본 요건은 관심이다. 상대방을 위하는 마음이 기본 전제가 된 관심. 그 관심이 실천으로 발현되는 행동이 배려다.

2주에 한 권씩 책을 읽고 독서모임에 나가는 행위는 노블레스 오블리주에 의한 것도 동정심에 기반한 것도 아니다. 타인을 배려하기 위해 나 자신을 바꾸어 보려는 실천적 의지에 따른 것이다. 그녀에게 마음속 물개박수를 백만 번 보낸 이유다.

누구나 차별에는 반대하나
무엇이 차별인지 알지 못한다.
폭력의 완성은 무관심이다.

박미애(특수교사)

장애인식 전환에 도움이 될 영화를 추천해 달라고 하면 주저없이 『챔피언스』를 꼽는다. 비장애인인 프로농구팀 코치 마르코가 음주운전으로 사회봉사 명령을 받아 발달장애인 농구팀을 맡으면서 겪는 일을 그린 영화인데, 재미는 물론이거니와 선수 역할을 맡아 연기한 이들이 실제 발달장애인이라는 점이 관전 포인트다.

특별히 인상적인 장면이 있다. 마르코는 줄곧 발달장애인을 '정박아'라 부르는데 법정에서 판사가 그 점을 지적하며 면박을 주자 엄마를 찾아가 하소연한다. "정박아라고 부르면 안 된다 하더라구요." "그럼 정박아를 정박아라 부르지 뭐라고 불러야 한대?" 동조하듯 되묻는 엄마에게 그는 발달장애인을 정박아라고 부르는 것은 '게이'를 '호모'라 부르는 것과 같다며 정박아라는 말을 사용하지 말라고 한 판사의 말을 전한다. 그러자 엄마가 마르코의 뒷통수를 때리며 "호모? 내가 너를 그렇게 키웠냐"고 일갈한다. 순간 웃음이 터져나올 수밖에 없었다.

우리 사회의 성 인권 의식이 조금씩 높아지며 남성 동성애자는 혐오에서 비롯된 '호모'라는 단어 대신 '게이'로 불리기 시작했고 '퀴어'라는 단어를 선점했다. 반면 장애 인권 의식은 여전히 낮은 수준이다. 혐오와 조롱에서 비롯된 호칭이 여전히 많고 자주 쓰인다. 페미니즘을 대표하는 지성이라 할 수 있는 정희진도 『페미니즘의 도전』을 통해 장애인은 충분히 배려하지 않았던 과거를 토로한 적 있다.

인권이 사회의 주요한 가치 한 축으로 자리 잡았다. 페미니즘을 둘러싼 논의는 꾸준히 뜨거워지고 있다. 이 움직임을 응원한다. 하지만 성 인권에서 그치지 말기를 바란다. 페미니즘을 통해 높아진 인권 감수성이 장애인, 노인, 외국인, 노동자까지로 확장되어 이들에 대한 배제와 차별이 무엇인지, 배려가 무엇인지 모두가 알게 되기를 바란다.

경계 위에서 살아가는 우리는
서로 지지하고 소통해야
합니다. 그러나 우리가
함께하기 위해서는 먼저 서로를
온전히 알아야 합니다.

오드리 로드, 『시스터 아웃사이더』
(주해연·박미선 옮김, 후마니타스, 2018)

호모라는 말이 나온 김에 몇 가지 단어를 더 살펴보고 넘어가자. 알고 나면 적어도 몰라서 하는 실수는 피할 수 있는 단어들. 실수하지 않는 것 또한 배려이며, 서로를 이해하려면 무엇이든 아는 것부터 시작해야 한다.

영화 『챔피언스』에서 마르코 코치의 엄마가 말한 것처럼 남성 동성애자는 '호모'homo가 아닌 '게이'gay로 불러야 한다. 영어권에서는 남녀 동성애자 모두를 통틀어 게이라 부르기도 하지만 한국에서는 남성 동성애자를 게이, 여성 동성애자를 레즈비언lesbian으로 구분한다. 호모는 동성애를 뜻하는 '호모섹슈얼리티'homosexuality의 줄임말로 용어만 놓고 보면 마르코가 뒷통수를 맞아야 할 이유가 없다. 하지만 누군가를 호모로 부르면 욕이 된다. 그간 사람들이 남성 동성애자를 혐오하는 마음을 '호모'라는 단어에 담아 버린 탓이다.

이성애자는 '헤테로'hetero 또는 '스트레이트'straight, 양성애자는 '바이섹슈얼'bisexual의 줄임말인 '바이'bi, 성전환자는 '트렌스젠더'transgender라 부른다. 이성애자를 제외한 성 소수자 모두를 '퀴어'Queer라 통칭하는데, 이 또한 원래 욕으로 쓰이던 것을 당사자들이 당당하게 사용하면서 뉘앙스가 바뀌었다고 한다.

페미니스트 저술가 홍혜은에 따르면 사람들이 호모라는 단어를 욕으로 쓰면서 게이라는 말이 널리 퍼졌지만, 게이라는 용어에마저 비하의 의미를 담기 시작하면 언어를 바꾼들 변하는 것이 없다. 아무 소용이 없다. 그래서 중요한 게 문화의 변화고 인식의 변화다.

동성애를 찬성 또는 반대하는 것과 사람이 사람을 혐오하는 것은 별개의 문제다. 사람은 어떠한 모습으로든 그 자체로 존중받아야 한다는 게 인권의 기본 아니던가.

자네들의 눈과 귀를 그대로
믿지 말게. 눈에 얼핏 보이고
귀에 언뜻 들린다고 해서 모두
사물의 본모습은 아니라네.

연암 박지원
안소영, 『책만 보는 바보』에서 재인용
(보림출판사, 2005)

아들이 부당한 처사를 당했다. '장애인차별금지법'까지 들이밀며 재고해 달라 했지만 요지부동이다. 발달장애가 있는 아들의 특성을 거론하며 어쩔 수 없다고 한다. 배려는커녕 노골적인 차별, 그날 상대는 나에게 정말 큰 말실수를 했다. 순수한 분노가 전신을 휘감았고 가만있지 않겠다며 이를 악물었다. 씩씩거리는 날 보며 지인이 조용히 한마디 한다. "개소리가 그 사람의 전부는 아니야." 응? 무슨 소리지? 처음엔 어리둥절했는데 이내 이해가 된다.

사람은 누구나 말실수를 한다. 세상의 모든 개와 반려인들에겐 미안하지만 지인의 입을 빌려 이럴 때의 말실수를, 그 '느낌적 느낌'을 살리기 위해 잠깐만 '개소리'로 지칭한다. 개소리는 모두가 한다. 그런데 어쩌다 한 번 개소리를 했다고 해서 그 사람을 개소리나 일삼는 개놈으로 규정할 수는 없다. '개소리를 한 그'는 '그'라는 인간 전체의 극히 일부지만, 우리는 개소리를 한 번 들으면 그것에만 꽂혀 상대의 존재 전체를 개놈으로 규정한다. "개소리를 했으니 너는 개놈이야!" 코끼리 다리를 만지고 코끼리 형상을 그린다.

며칠 후, 계획대로라면 그를 만나 끝장을 볼 심산이었다. 그런데 어디에선가 '개소리~ 개소리~' 하는 속삭임이 들리는 것 같다. 그래, 개소리 한 번 했다고 이 사람을 개놈으로 보면 안 되지. 흥분한 마음을 가라앉히고 대화를 시작했다. 그랬더니 어떤 일이 벌어졌을까? 그 부당했던 일이 알고 보니 서로의 오해에서 비롯된 일이었다. 하마터면 큰 실수를 할 뻔했다. 상대를 몹쓸 인간으로 규정해 버릴 뻔했다.

배려라는 게 그렇다. 상대방을 위해 주는 것만이 배려가 아니다. 단면으로 전체를 판단하지 않는 것, 그럼에도 불구하고 이해해 보려는 마음, 진짜 배려는 여기서부터 시작될지도 모른다.

장애인 차별의 핵심은
존재의 차별, 시간의 차별,
경험의 차별, 관계의 차별이다.

김형수(인권활동가)

한국장애인고용공단에서 주관하는 '직장 내 장애인 인식 개선 교육 강사' 자격증 취득에 나섰다. 첫 책 출간 후 장애 관련 이야기를 하는 강연에 나갈 기회가 많이 생기는데 국가 자격증까지 있으면 더 그럴싸해 보일 것 같았다. 쉬이 응시했고 보란 듯 똑 떨어졌다. 당연히 떨어져야 했다. 법률에 관한 내용을 설명하기 위해 각종 법 조항과 수치를 외워야 했다. 절실함이 적었던 나는 바쁘다는 핑계로 공부도 안 한 채 평소의 강연 실력만 믿고 실기 시험장에 들어갔다. "사업주는 예산을 걱정할 필요가 없습니다. 중증장애인 지원 고용 직무지원 활동비가 음, 그러니까, 얼마였더라?" 어름더듬하다가 심사위원에게 답을 물어 버렸다.

자격증 취득에는 실패했지만 교육생으로 선발된 후 집합교육을 받으며 여러 강의를 듣고, 특히 장애인차별금지추진연대 김성연 국장을 만난 건 큰 수확이었다. 그는 모두에게 동일한 기준을 적용하는 게 평등이 아닌 오히려 차별이 되는 사례를 얘기했다. "우리 기업은 모두에게 문을 활짝 열고 있습니다"라면서 지원조건에 '심신 건강한 자'라는 항목을 집어넣는 것(지원단계에서 배제), 휠체어 탄 척수장애인을 서류 통과시킨 뒤 엘리베이터 없는 4층 사무실에 면접실을 꾸미는 것(면접에 불참한 당사자 탓으로 결과를 돌림), 청각장애인이 회의에 참여했는데 아무도 시각화 자료를 준비하지 않고 격렬한 토론으로 회의를 이어가는 것(직무 배제, 자진 퇴사 종용)과 같은 일이 여전히 우리 주변에 비일비재하다고 했다.

평등이라고 다 같은 평등이 아니다. 장애 특성을 고려하지 않은 평등은 결과적 차별을 필연적으로 야기한다. 정해진 결과를 도출하기 위해 평등이라는 가치가 수단으로 이용될 수 있다는 뜻이다. 차별과 배제를 위한 도구로 평등이라는 가치가 악용될 수도 있다는 얘기다.

마음의 도화지에 원하는 삶을
자꾸 그리다 보면 어느새
그 그림이 살아서 뛰어
나옵니다. 이왕이면 다른
사람과 내가 함께 행복해지는,
그런 최고로 좋은 그림을
자꾸 그리세요.

혜민, 『혜민 스님의 따뜻한 응원』
(수오서재, 2016)

어느 날 저녁 가족과 함께 찜닭 가게를 찾았다. 보통은 반 마리, 한 마리 등으로 양을 구분해 놓는데 그 집은 대자, 중자, 소자로 팔고 있었다. 우리 가족은 무조건 대자다. 아이들이 있으니 뼈는 없어야 하고 당면은 당연히 추가! 허겁지겁 먹는데 할머니 네 분이 가게로 들어왔다. 우두커니 선 채 "우리가 매운 걸 못 먹어요. 여기 집사님이 매운 걸 못 드세요"라고 하는데 직원이 들은 체도 안 한다. 손님 중 한 명이 "안 맵게 해 달라 하면 돼요"라고 하자 그 말에 안심한 듯 우리 옆에 앉은 할머니들. 메뉴판을 내미는 직원에게 "우리가 배는 안 고픈데 밥을 먹긴 해야 해서……"라고 말을 건넨다. 직원은 아무 말이 없다. 침묵에 압박감을 느낀 할머니들이 "그냥 알아서 줘 봐요"라고 하며 주문 완료.

몇 분 후 찜닭이 나왔고 할머니들은 "어? 저기랑 다르네요"라며 우리 테이블을 가리켰다. 테이블에는 뼈 있는 찜닭이 대자로 놓여 있었다. 직원은 "뼈 없는 건 주문할 때 미리 말해야 해요"라며 사라졌다.

할머니들에겐 중자 크기가 적당했다. 뼈 없는 닭이 편하다는 정보 역시 사전에 제공되어야 했다. 메뉴판만 가져다 주었다고 할 일을 다 한 게 아니다.

"배 안 고프다고 하셨으니 중자면 충분할 것 같고, 뼈 없는 닭으로 선택하실 수 있어요. 추가 금액은 3천 원입니다. 양념은 안 맵게 해드리면 되죠?"

이 말을 하는 데는 10초도 안 걸린다. 그 10초면 할머니들은 한 끼를 맛있고 편하게 드셨을 거다. 누구든 할 수 있는 짧은 배려가 할머니들의 저녁 시간 전체를 바꿀 수 있었다. 나라도 개입했어야 했다. 아들 밥 먹이느라 정신없었어도 10초는 낼 수 있었다. 참견할 용기도 냈어야 했다. 10초, 누군가를 배려하는 데는 생각보다 긴 시간이 필요하지 않다.

인생에도 여백이 필요하다.
꽉 찬 휴지통이 더 이상
제 구실을 하지 못하듯 몸과
마음도 비워야 한다.

김용길, 『편집의 힘』
(행성B, 2013)

일 년에 한 번씩 친구들과 '사모님 놀이'를 한다. 호텔 뷔페에 가서 만찬을 즐기고 오는 것이다. 그날은 친구들 모두 화장도 꼼꼼히 하고 가지고 있는 가방 중 가장 비싼 것을 들고 나온다. 호텔 로비에서 만나 사진도 찍고 놀다가 예약 시간이 되면 들어가 우아하게 그러나 토 나오기 직전까지 배를 채우고 만족한 기분으로 집에 온다.

　우리는 '강남 키드'였다. 강남에서 초중고교를 졸업하고 대학 시절을 보냈다. 서로 다른 대학에 입학했지만 늘 강남역에서 만나 신나게 놀다가 집까지 걸어왔다. 높은 빌딩이 우뚝 솟은 테헤란로를 걸으며 함께 꿈을 꿨다. 얘들아, 나중에 우리도 이런 높은 건물에서 일하며 멋있게 살자. 미래가 찬란한 황금빛일 줄 알았는데 직장 생활을 시작하고 결혼을 하고 아이까지 낳아 키우며 '현실 자각 타임'이 찾아왔다. 강남은커녕 서울 변두리에서 사는 것도 만만치 않다. 돈 내놓으라는 데는 왜 이렇게 많은지 내 물건은 립스틱 하나도 할인할 때만 산다.

　저마다 빡빡하고 전쟁 같은 현실을 살고 있지만 그렇다 해서 마음까지 전쟁통은 아니었다. 우리 안엔 아직도 테헤란로를 걸으며 꿈꾸던 20대의 마음이 남아 있었다. 허영심의 발로와는 조금 다른 차원이다. 일 년에 한 번 나를 위한 한 끼 식사비로 13만 원. 낸다고 해서 큰 무리가 되지는 않지만 주저할 금액임엔 틀림없다. 그래서 우리는 곗돈을 부었다. 한 달에 만 원. 그렇게 모은 돈으로 연말 만찬을 즐겼다. 이 돈은 배려 비용이며 존중 비용이다. 빡빡하고 전쟁 같은 현실을 잘 살아 낸 나에게 주는 선물.

　덕분에 일 년에 한 번씩, 우리는 20대의 그 시간으로 돌아간다. 황금빛 미래가 전부 내 것일 것 같던 그때의 우리가 되어 판타지를 충족시킨다. 그리고 호텔 문을 나서면 다시 현실로 돌아와 일 년을 또 열심히 살아간다. 117

자본주의 사회에서는 돈이
최고로 통한다. 웬만한 건 다
돈으로 살 수 있다. 그렇지만
돈으로 무엇이든 살 수 있는 건
아니다. 돈으로 행복을 사지는
못한다.

유시민, 『어떻게 살 것인가』
(생각의길, 2013)

돈이라는 게 그렇다. 매달 입금은 되지만 눈 깜짝할 새 출금돼 사라진다. 말 그대로 통장을 스치기만 하니, 입금의 즐거움은 짧고 출금의 여운은 길다. 살다 보니 현금이 부족한 달이 있다. 신용카드가 있으니 급한 대로 생활은 이어 가지만 꼭 현금이 있어야만 하는 상황이 생기면 난감하다. "나는 언제쯤 통장에 돈을 쌓아 놓고 살아 보나" 한탄하니 친구가 "나도! 나도!" 하고 외치며 말한다. "우리 엄마가 그러는데 그래도 인생에서 돈이 걱정일 때가 가장 행복한 때란다."

맞다. 질병이나 외도, 학교폭력이나 사기 등의 문제로 걱정하는 것보단 돈이 없어서 걱정인 상황이 낫다(단, 생존이 위협받는 '절대 빈곤' 상황이 아니라는 전제 아래). 우리 가정의 가장 큰 걱정이 단지 돈에 불과한 지금이 감사하다. 매달 1일이면 아이들 교육비와 치료비, 중순이면 은행 대출금과 카드값, 말일에는 각종 보험료와 공과금이 빠져나가 통장이 텅 비어 버리는 지금이 감사하다.

아들의 장애가 걱정이고, 부부 사이가 걱정이고, 고부 갈등이, 아빠와 엄마의 이혼이 걱정이었을 때에 비할 바가 아니다. 관계가 어그러짐으로 인한 고통은 삶을 좀먹고 눈물의 강을 만들고 생의 의지마저 꺾어 버리곤 했다. 돈이 걱정인 지금은 물질적 여유가 없을 뿐 관계가 어긋나 있진 않으니 그저 고맙다.

돈이 없는 것과 불행한 건 다르다. 돈이 없어도 마음은 평안할 수 있다. 돈이 없을 때는 그래도 어찌어찌 살아는 지지만 나를 둘러싼 관계가 고통일 때는 건물주로 살아도 불행하다. 돈 걱정뿐인 지금이 어쩌면 가장 행복한 한때일 것이다.

가부장제와 자본주의가 결합한
사회에서 '행복한 가정'을 위해
여성의 그림자 노동은 필수
요소다. (……) 여성의 노동과
몸을 지배하는 이 방식에
비판적인 여성의 목소리를 위한
담론의 장이 훨씬 더 다양하게
있어야 한다.

이라영, 『환대받을 권리, 환대할 용기』
(동녘, 2016)

독서모임에서 애너벨 크랩의 『아내 가뭄』을 읽고 토론하던 날이다. 가사 노동 얘기가 나오자 은근히 남편을 자랑하고 싶은 마음이 생겼다. 얼마나 집안일을 많이 하는 '좋은 남편'인지 떠들고 있는데 질문이 훅 들어왔다. "그럼 정신노동은요?"

정신노동. 가정 안에서 벌어지는 모든 일을 스케줄링Scheduling(처리해야 할 일의 순서를 정하는 일) 하는 것. 그 또한 내가 모르고 있던, 가사노동의 일환이었다. 말문이 막혔다. 가정 안에서 벌어지는 일은 어느 것 하나 내 '일정표'를 거치지 않는 게 없었기에.

가족모임 할 음식점을 정하는 것부터 아이들 알림장을 읽고 준비물을 챙기며 다음날 입혀 보낼 옷과 아침 메뉴를 생각하는 게 모두 내 몫이었다. 학원 선생님에게 연락해 보강 날짜를 잡고, 감기약 먹일 시럽 병이 몇 개 남았는지 체크하는 것도 마찬가지다. 영화 『하이힐을 신고 달리는 여자』에도 이런 현실이 잘 나타나 있는데 아내이자 엄마이자 직장인인 주인공이 겪는 가장 큰 어려움은 무엇보다 혼자서 감당해야 하는 스케줄링의 부담이었다.

가사노동 분담은 부부가 서로를 배려하는 행동이다. 나는 요리가 서툰 남편을 배려해 밥상을 차리고, 남편은 설거지가 싫은 나를 배려해 고무장갑을 낀다. 이렇게 배려를 주고받을 줄 아는 남편은 조지 클루니보다 멋지다. 하지만 이왕 멋질 거면 멋짐이란 것이 폭발해 버렸으면 좋겠다. 스케줄링의 노동까지 함께 나누는 것으로 지구 최강 멋진 남편에 등극했으면 좋겠다. 지금도 3,000만큼 사랑하지만 그때는 3,001만큼 사랑하게 될지도.

장애인의 보호자가 아닌
이용자의 동행인입니다.

차미경(칼럼니스트)

『빨간 머리 앤』을 좋아하는 차미경 칼럼니스트를 처음 만난 건 KBS 방송국이다. 그녀가 메인 작가로 활동했던 라디오 프로그램에 출연했다. 그녀는 빨간 머리 앤을 닮았다. 감성이 그러했고 자꾸 보면 얼굴까지 닮아 보인다. 나는 앤을 닮은 그녀가 좋다. 하이힐을 신고 휠체어를 타는 그녀가 좋다. 빨간 안경테로 멋을 부린 그녀가 좋다. 그렇게 매력 있는 그녀가 어느 날 페이스북에 사진 한 장을 올렸다. 장애인 화장실 이용 안내문이다.

"보호자께서는 나가실 때 화장실 이용자의 외부 노출에 유의하기 바랍니다. 서울역장."

그리고 사진 밑에 "보호자가 아닌 동행인입니다"라는 멘트를 달았다.

나는 아들이 미성년자이기 때문에 내가 보호자인 것에 큰 문제의식을 느끼지 못했다. 하지만 아들이 성인이 되어도 그럴까? 아들은 언제까지 내 '보호'를 받아야 할까? 그녀의 글을 보고 아들이 성인이 되면 적어도 심적으로는 보호자가 아닌 동행인이 되어야겠구나, 그것이 아들의 주체성을 확보하는 배려의 말이겠구나 하는 생각이 들었다. (서류에 서명할 때는 보호자일 수밖에 없다. 국내 병원이나 공공기관에서는 늘 '보호자 서명'을 요구한다.)

40대 성인인 나는 남편의 보호를 받지 않는다. 남편을 소개할 때 "제 보호자"라고 말하지 않는다. 당당한 주체성을 지닌 성인으로 남편과 동행해 삶을 산다. 아들도 마찬가지여야 할 터. 부모의 위치가 보호자가 아닌 동행인이 되어야 일방적 도움만 받는 수동적 존재를 탈피할 것이다. 상호 배려를 주고받는 주체적 존재로 성장할 것이다. 모르고 지나칠 뻔했던 중요한 체크 포인트다.

멍하니 넋을 놓고 있는 순간도
그냥 허송하는 시간만은
아닌 것 같아요. 우리가 놓은
넋, 어디 가지 않거든요.
영혼 역시 좀 쉬기도 하고
산책도 다니고 그래야지요.

이동진, 『밤은 책이다』
(위즈덤하우스, 2011)

백세시대에 아직 인생을 반도 채 살지 않은 젊은 나지만, 이 젊은이도 그동안 살면서 알게 된 게 하나 있다. 인생에서 쓸모없이 보내는 시간이란 없다는 것. 좋을 땐 좋은 대로 안 좋을 땐 안 좋은 대로 모든 시간이 나에게 필요했다. 더 젊었을 땐 이 사실을 몰랐다. 흔히 인생을 롤러코스터라 표현하는데 올라갈 땐 잘 살고 있다는 만족감이 들었지만 내려갈 땐 자기비하와 혐오 등 온갖 부정적인 감정이 몰려들었다. 마음이 조급해지고 불안감이 증폭되며 추락 속도에는 가속이 붙었고 어느 순간이 되면 무기력이 삶을 잠식했다. 무기력에 빠지면 눈을 뜨고도 잠을 자는 것 같은 상태가 이어졌다. 무엇에도 감흥이 없고 어떤 의욕도 나지 않았다. 버티는 것조차 귀찮아 다 놓아 버리기도 했다. 멍한 시간이 길어질수록 '나는 왜 이렇게 인생을 허비하고 있나' 자괴감에 빠졌다.

하지만 지나고 보니 그 모든 시간이 반드시 필요한 쉼의 순간이었다. 인생을 허비하는 게 아니라 달리기만 했던 내게 잠깐 쉬면서 물도 마시고 다리도 주무르라고 삶이 마련해 준 배려의 시간이었다.

긴 인생을 잘 살아 내려면 에너지를 적절히 분배해야 한다. 젊은 나이에 반짝 타오르고 화려하게 산화되겠노라 바라는 게 아니라면 긴 인생 쉬어도 가고 주저앉기도 하고 멍도 때려야 한다. 그런 시간 속에 있는 자신을 다독일 수 있어야 한다. 반드시 필요한 시간을 보내는 중이라고 자기 확신을 가질 수 있어야 한다. 그래야 다시 일어나 달릴 때 더 큰 추진력을 얻을 수 있다.

허송세월을 보내고 있는 게 아니다. 날 위한 배려의 시간을 갖는 중이다.

차별받는 이들에게
가장 큰 위로는
현실적인 구제책이다.

박은정, 「정신장애로 고통받던 내게 삶을 찾아 준 것은
의사도 약물도 아니다」
『비마이너』 2019년 8월 27일 자

법이 삶을 이롭게 하는 게 아니라 누군가의 삶을 방해하는 요소가 된다면 그 책임은 누구에게 있을까?

척수장애가 있는 강남베드로병원 이승일 사회복지팀장은 내가 첫눈에 반한 완전 멋진 남성이다. 유쾌한 언변에 젠틀한 매너, 스타일리시한 패션 감각까지 두루 갖춘 그는 평소 자가 운전을 선호한다. 목적지에 장애인 전용 주차 공간이 없을 땐 휠체어를 내리고 올릴 수 없어 장애인콜택시(장콜)를 이용하는데 이용량이 많을 때는 여섯 시간도 넘게 하염없이 기다려야 하는 것이 수도권 장콜의 현실이다.

하지만 걱정 마시라. 대한민국엔 시내 곳곳을 누비는 버스가 있다. 휠체어 탄 장애인의 이용권을 위해 저상버스도 도입됐다. 이 팀장은 지난 겨울 아내와 함께 저상버스를 타기로 했다. 그런데 법이 바뀌어 있었다. 휠체어 탄 장애인이 저상버스를 이용하려면 정류장에서 전화로 사전 예약을 해야 한다. '장애인의 편리한 이용을 위해' 도입된 법이라고 하는데 반드시 정류장에 도착해 예약해야 하는 바람에 칼바람 부는 추위 속에서 20분 넘게 기다렸다고 한다. 게다가 출퇴근 시간(7~9시, 18~20시)에는 아예 예약이 불가능하다. 비장애인으로 버스가 붐벼서다. 애초 장애인을 배려해 도입된 저상버스를 장애인은 출퇴근 시간에 이용할 수 없다니. 이 팀장보다 더 분노한 건 그의 아내 백정연 '소소한소통' 대표다. 이 법을 만든 비장애인들도 앞으로는 반드시 예약 먼저 한 뒤 버스에 타라고 목청을 높인다.

진정 법은 삶을 이롭게 하는가? 배려를 명목으로 바뀐 법은 정말 장애인의 이용권을 보장하고 그들의 삶을 배려하고 있는가?

장애인이라 차별받는 것이
아니라, 차별받기 때문에
장애인이 된다.

김도현, 『장애학의 도전』
(오월의 봄, 2019)

인권의 기본 요소는 "누구도, 어떤 이유로든 배제되어서는 안 된다"는 것이다. 하지만 현실에서는 배려보다 배제가 예사로 일어난다. 장애 학생은 학부모 참관수업, 운동회, 학예회, 현장학습 등에서 배제당하고 장애인 노동자는 직장 내 회식이나 모임 등에서 배제당한다. 이때 배제하는 비장애인들은 늘 '배려'를 이야기한다. 장애 학생의 낯설고 이상한 행동을 만인(특히 학부모) 앞에 보이는 것이 당사자에게도 좋지 않은 일이라고 말한다. 회식 장소에 장애인 화장실이 없어서 오히려 참석하는 게 불편할 것이라는 이유를 든다. 두 경우 모두 얼핏 들으면 정말 장애인을 배려해서 그러는 것 같다.

하지만 말이다, 정말 배려하는 마음이라면 장애 학생을 배제하는 것으로 배려할 게 아니라 학생 보호자를 포함한 학교 관계자 모두에게 심도 있는 장애 이해 교육을 진행했어야 한다. 장애, 비장애 학생이 어울려 통합교육* 받는 모습을 보면서 서로 간 이해의 폭을 넓히기 위해 노력했어야 한다.

역시 진정으로 배려하려는 의도가 있었다면, 휠체어가 드나들 수 있도록 문턱이나 계단이 없으면서 장애인 화장실이 있는 곳을 회식 장소로 물색했어야 한다. 메뉴보다 통행로를 먼저 고려했어야 한다.

배려한 게 아니라 배제한 것이다. 소수를 배제하는 것으로 다수의 평화를 유지하는, 가장 익숙한 형태의 쉬운 방법을 선택한 것이다.

배려하는 행동과 배제하는 행동에는 뚜렷한 경계가 없다. 한 끗 차이의 생각과 실천이 배려와 배제를 가른다.

* 장애 학생과 비장애 학생이 한 교실에서 함께 생활할 수 있도록 하는 교육 체제.

장애는 세상과 만나는
방식일 뿐이다. 인간의 존엄적
차원에서 장애인과 나는
똑같은 존재다.

조준호(엔젤스헤이븐 대표이사)

영화 『나의 특별한 형제』에서 배우 이광수가 연기한 발달장애인 '동구'는 뽀로로 인형을 좋아한다. 모든 발달장애인이 그런 것은 아니지만 동구처럼 일부 발달장애인은 실제 나이보다 어린 연령층에서 좋아할 법한 것에 애착을 나타내곤 한다. 우리 집도 딸은 『유미의 세포들』 같은 웹툰을 즐겨 보는데 쌍둥이 동생인 아들은 『뽀롱뽀롱 뽀로로』, 『냉장고 나라 코코몽』, 『으랏차차 아이쿠』를 좋아한다. 이런 경우 당사자는 제 나이에 맞는 대접을 못받기 일쑤다. 27세의 비장애 청년은 27세로 대하면서 같은 나이의 발달장애인은 어린아이처럼 대한다.

"동환씨 왔네, 밥 먹었쩌요? 뭐에다 먹었쩌요? (우쭈쭈쭈)" 이런 분위기를 연출하면서 속으로 흐뭇해한다. 상대의 수준에 맞게 '내가 배려했다'고 생각한다. 나도 그랬다. 아들을 몇 살로 대해야 할지 감이 잡히지 않아 마냥 아기처럼 대했던 게 불과 몇 년 전이다.

그랬던 아들이 어느새 제 나이에 맞게 사춘기를 맞이했다. 좋아하는 이성 친구가 생기고, 남자 대 남자로 아빠에게 반항을 하고, 활동반경이 넓어졌다. 다만 뽀로로를 좋아할 뿐 아들도 딸과 다를 바 없는 날을 보내고 있다. 열두 살에 겪어야 할 모든 것을 똑같이 겪고 있다. 장애 비장애가 다르지 않았던 것이다.

발달이 느려 발달장애인이다. 하지만 느리다 해서 어리게 대하는 건 배려가 아니다. 명확히 말하자면 그건 상대를 나와 동등한 한 사람으로 존중하지 않는다는 뜻이다. 수준에 맞는 배려란 없다. 인간 그 자체로 존중하는 것만이 배려다. 인간의 존엄 앞에 장애와 비장애는 무의미하다.

나는 신발이 없음을
한탄했는데 거리에서
발이 없는 사람을
만났다.

데일 카네기(작가)

자식이 장애인이 된 시점부터 사회 변방으로 밀려난 느낌을 받았다. 세상의 벽이 존재하는 걸 알게 됐고 차가운 시선이 무엇인지, 인권을 침해당하는 게 어떤 것인지도 알게 됐다. 이런 나는 비주류다. 힘과 권력이 없는 사회적 약자다. 그런데 독서모임을 통해 (사회) 구조에 눈뜨기 시작하면서 내가 제도권 안에 있는 이 사회의 주류라는 걸 알게 됐다.

나는 결혼했고 아이가 있다. 이 사회가 40대 중년 여성에게 기대하는 바를 충실히 따랐다. 서울에 살며 서울 소재의 4년제 대학을 졸업했고 어릴 때부터 문화적 혜택을 누리는 데 있어 입지적으로나 경제적으로 어려움을 겪지 않았다. 부모에게 학대당했거나 남편에게 매 맞으며 살지 않고 가난한 서민이긴 하지만 당장 생존이 위협받을 정도의 '진짜 가난'은 경험해 보지 못했다. 이성애자고 '토종' 한국인이다. 다른 시각에서 바라보니 나는 사회 변방이 아닌 제도권 안에서 제대로 자리 잡은 사회의 주류였다.

구조적 관점에서 자신을 바라보는 일은 중요하다. 내게 당연한 것이 모두에게 당연하지는 않다. 나를 둘러싼 여러 환경 요소 덕에 어떤 부분에서는 특혜를 받으며 살았고 현재도 받고 있다는 것을 알아차려야 한다. 그래야 가진 것에 감사하고 상황을 객관적으로 볼 수 있다. 내가 지금 행사하려는 것이 정당한 권리인지 특혜를 기반으로 한 갑질인지 선별적 정의인지 구분할 수 있다.

진정한 배려는 구조 내에서 내 위치를 객관적으로 파악하는 것에서 시작된다. 그래야 타인과 주변에 대한 이해의 폭이 깊어진다.

존엄성은 자기 결정과 밀접한
관계가 있습니다. 누군가 다른
사람을 무시하거나 허수아비로
만들거나 조종함으로써
존엄성을 빼앗는다면 존엄성의
상실은 자기 결정의 상실과도
관련이 있는 것입니다.

페터 비에리, 『자기 결정』
(문항심 옮김, 은행나무, 2015)

아들이 일반 학교에 다닐 때 일이다. 장애인이라 배려받으며 교실 안에서 일어나는 많은 일에 '프리패스권'을 부여받았다. 착석하지 않아도, 청소하지 않아도, 수업에 참여하지 않아도 괜찮았다. 게다가 도우미 친구들이 가방도 챙겨 주고 옷도 입혀 주며 왕 대접을 해 주었다. 그러다 통합교육의 의미가 없어졌고 전학을 권고받아 특수학교로 전학했다.

이젠 특수학교다. 친구들 모두 도움이 필요한 발달장애인이다. 어떤 일이 벌어졌을까? 평생 남의 도움만 받던 녀석이 '남을 도울 수 있는 기회'를 제공받자 스스로 남을 돕기 시작했다. 처음엔 답답한 마음에서였다. 하교 종이 울렸는데도 집에 갈 준비를 하지 않는 친구 때문에 모두의 하교 시간이 늦어지자 신발주머니를 들어 친구에게 건넸다. 스스로의 결정으로 타인을 도운 첫 경험이었다.

무엇이든 처음이 어렵지 한번 경계를 넘어서면 쉬운 법이다. 지금은 신발 벗고 들어가는 도서관에 가면 편하게 있으라며 친구들 양말을 벗겨 준다고 한다. 좋아하던 여자친구에게는 가방을 쉽게 멜 수 있게 뒤에서 가방을 들고 기다렸다고도 한다. 친구가 바닥에 내려놓은 물건을 대신 정리함에 넣어 주기도 한다. 배려만 받던 수동적인 사람에서 자신의 선택으로 타인을 돕는 능동적인 주체가 됐다.

장애인에게 필요한 건 무조건적인 도움과 배려가 아니다. 장애로 인해 발생하는 '특별한 필요'에는 도움이 아닌 지원을 하면 된다. 그들에게 필요한 건 오히려 남을 도울 수 있는 기회, 스스로 선택하고 결정할 수 있는 기회를 제공받는 것이다. 장애인을 배려한다는 이유로 정작 그 기회를 뺏고 있는 건 아닌지 생각해 볼 일이다.

"인권이 무엇입니까?"라는
질문을 받을 때가 있습니다.
답은 하나만 떠오릅니다.
그 사람 입장이 되어 보는 것.
상대방 마음이 어떨지 그
입장이 되어 헤아려 본다면
세상이 참 말랑말랑해질 텐데
싶습니다.

김예원, 『누구나 꽃이 피었습니다』
(이후, 2019)

아들이 거리에 나서면 어김없이 시선이 쏠린다. 손가락을 눈앞에서 파닥파닥 흔들고, "아꾸지 아꾸찌"라는 외계어로 말을 하며, 머리를 흔들면서 동시에 깡충깡충 뛴다. 그런 모습을 보고 말을 걸어 오는 사람들이 있다. 아들에게 궁금한 것을 전부 물은 후엔 "그래도 열심히 살면 복 받을 것"이라며 나를 위로하고 훌쩍 떠난다.

보내 준 응원에 감사함을 전한다. 하지만 앞으로는 내가 아닌 아들에게 응원의 마음을 직접 전하면 더 고맙겠다. 외눈박이 물고기들의 세상에서 두눈박이 물고기로 사느라 가장 답답하고 힘든 건 아들일 것이기 때문이다.

늘 시선을 받는다. 그런데 그 시선 속에 깃든 혐오나 동정을 죽을 때까지 읽어야 하는 건, 매 순간 견디며 살아야 하는 건 내가 아니라 아들이다. 정작 세상살이에 힘든 건 아들인데 현실에서 아들은 엄마를 힘들게 하는 애물단지 취급을 받는다. 사람들은 나만 위로한다.

식당에 가면 사장님이 으레 우리 테이블로 와 아들을 나무란다. "이놈~ 엄마 힘드니까 밥 조금씩만 먹고 너무 빨리 크지 말어." 밥알이 목구멍에 곤두서는 느낌이다. "아니, 예쁜 내 새끼 많이 먹고 많이 커야지, 왜 못 먹게 하고 못 크게 해요!" 말하고 싶지만 꿀꺽 삼킨다.

날 위로하고 싶으면 내 입장이 되어 생각해 주길 바란다. 내가 원하는 건 내가 배려받는 게 아니다. 내 아들이 모두에게 배려받고 존중받는 것이다. 먼 훗날 내가 아들 걱정 없이 편히 잠드는 것이다. 애물단지 취급받지 않고 평범한 남들처럼 일상을 살아가는 아들을 보며 "안녕, 다음 생에도 엄마와 아들로 다시 만나자" 하고 말하는 것이다.

장애물 그 자체를 바꿀 수는
없지만 관점의 힘은 그
장애물이 어떻게 보이는지
바꿀 수 있다.

라이언 홀리데이, 『돌파력』
(안종설 옮김, 심플라이프, 2017)

2018년 가을, '함께라온'이라는 커뮤니티케어 연구회에 가입했다. 커뮤니티케어란 '지역사회의 힘으로, 돌봄이 필요한 사람이 자신이 살던 곳에서 어울려 살아갈 수 있도록 하는 돌봄 시스템'이다. 쉽게 말해 아들이 성인이 되어도 시설에 가지 않고 살던 동네에서 계속 잘 살 수 있는 방법을 찾아보자는 취지로 고안된 제도다.

처음 이곳에는 장애 아이의 부모 자격으로 강연을 하러 갔다. 의사 등 보건의료 분야 사람들이 많다기에 단단히 작정했다. 장애 진단을 처음으로 내리는 의사와 장애인의 활동을 돕는 치료사가 어떤 장애인식을 갖고 있느냐에 따라 당사자는 '장애인'이 되기도 하고 단지 장애가 있을 뿐인 '사람'이 되기도 한다. 그만큼 보건의료 분야 종사자의 장애인식은 중요한 문제다.

"내 이 사람들의 인식을 아주 박살내고 오리라." 일련의 반복된 경험으로 보건의료 분야에 쌓인 게 많았던 난 이런 무시무시한 마음으로 가서 세 시간 동안 혼신을 힘을 다해 떠들었다. 그러다 오히려 이들의 진정성에 매료됐고 모임에 합류했다.

다양한 사람들을 만났다. 작업치료사, 의사, 치과위생사, 기자, 출판편집자, 사회복지사, 경영인, 장애 당사자, 장애인의 부모. 함께 모여 틈틈이 공부하고 정보를 공유하며 서로 다른 시각과 의견을 나눈다. 이 모임이 다른 모임과 다른 건 사람들이 장애인을 볼 때 '장애'가 아닌 '인'을 먼저 보려 노력한다는 점이다. 언제나 '삶'에 먼저 방점을 찍고 장애로 인해 요구되는 특별한 필요가 있으면 그때그때 어떻게 지원할까 함께 고민한다.

장애를 극복하거나 고치려 할 것이냐 아니면 있는 그대로 인정하고 삶을 지원하는 데 초점을 맞출 것이냐. 장애인식에 따라 아들은 누군가에겐 장애인이 되고 누군가에겐 십대 초반의 개구쟁이 어린이가 된다. 그리고 그에 따라 전혀 다른 형태의 배려를 받는다.

공동체의 수준은 한 사회에서
모든 혜택의 사각지대에 놓인
취약한 사람들을 어떻게
대하느냐에 따라 결정된다.

김승섭, 『아픔이 길이 되려면』
(동아시아, 2017)

지하철 엘리베이터는 휠체어 탄 장애인의 이동권을 위해 마련됐다. 리프트에 오르는 건 목숨을 걸 만큼 위험한 일이고 실제 사망사고로 이어지기도 한다. 그래서 만들어진 엘리베이터인데 정작 그곳에선 장애인이 배제되는 일이 비일비재하다. 문이 열리면 성격 급한 비장애인이 우르르 먼저 들어가 휠체어가 들어갈 공간이 확보되지 않는다. 다음 엘리베이터를 기다리지만 같은 상황이 되풀이된다.

백화점과 대형마트는 더하다. 문이 열릴 때마다 엘리베이터가 만원이라 몇 번을 기다려도 자리가 나지 않는다. 비장애인은 한두 명 쏙 들어가 끼어 탈 수 있지만 휠체어는 들어갈 만큼 공간이 확보되지 않아 문이 열릴 때마다 그냥 보낸다. 그래서 상당수의 지체장애인은 개점이나 폐점 시간을 이용하거나 아예 그런 장소를 찾지 않는다.

엘리베이터만이 아니다. 지하철을 탈 때도 휠체어가 먼저 진입하도록 기다려 주는 사람보다 휠체어보다 먼저 열차에 오르는 이들이 많다. 빠른 걸음으로 들어가 자리를 잡은 뒤 공간이 좁아 들어오지 못하고 다음 열차를 기다리는 장애인을 무심하게 바라보는 것이다.

다시 엘리베이터로 돌아와서, 비장애인에게 엘리베이터는 편의를 위한 시설이다. 계단으로 걸어 올라가도 되지만 엘리베이터를 타는 게 편하니까 이용한다. 하지만 휠체어 탄 이들에겐 엘리베이터가 아니면 안 된다. 그들에게는 편의가 아닌 필수이자 유일한 이동 통로다.

조금 더 편하려고 이용하는 사람과 그것이 아니면 안 되는 사람이 있다. 이용권에 우선순위를 매긴다면 누구에게 있을까? 누가 더 절실할까? 배려의 마음이 필요한 이유다.

폭력을 저지르는 사람들은
폭력이 폭력인 줄을
알지 못한다.

황현산, 『밤이 선생이다』
(난다, 2013)

지하철을 타서 손잡이를 잡고 서 있다. 옆에 있던 사람이 코트를 벗더니 내 팔이 옷걸이라도 되는 것처럼 코트를 척 걸쳐 놓는다. 이런 상황이 발생하면 어떤 반응을 보여야 할까?

"그런 사람이 있다고? 에이, 말도 안 돼"라고 생각한다면 당신은 비장애인이다. 비장애인에게는 말도 안 되는 일이 휠체어를 탄 지체장애인에게는 빈번히 일어난다.

그들이 전하는 지하철 에피소드를 듣고 있으면 입이 떡 벌어진다. 믿기 어려울 정도로 비상식적인 일이 수시로 일어난다. 휠체어가 전용 손잡이라도 되는 것처럼 붙들고 서 있는 사람은 애교로 보일 정도다. 휠체어 손잡이에 옷이나 가방을 걸어 놓는 사람, 휠체어에 앉은 당사자 무릎에 짐을 떡하니 올려놓는 사람도 있다. (물론 양해는 구한다. 다만 짐을 올리면서 동시에. '에구에구. 여기에 짐 좀 올릴게요.' 사실상의 통보다.)

지하철 내부가 혼잡할수록, 엘리베이터 안에서 바짝 붙어 있을수록 이런 일이 빈번하다는데 하다하다 무릎에 김치통까지 얹어 봤다는 고백을 듣고는 입이 다물어지지 않았다. 휠체어가 짐을 실어 나르는 카트 대용으로 보였다는 뜻이다. 휠체어 위에 '사람'이 앉아 있다는 것을 크게 신경 쓰지 않았다는 얘기다. 지체장애인에게 휠체어는 그들의 다리, 신체의 일부인데 말이다.

장애인 차별인지 아닌지 잘 모르겠으면 장애라는 두 글자를 떼고 상대를 바라보라고 한다. 비장애인에게 하지 않았을 말과 행동을 장애인에게 하고 있다면 그때가 바로 장애를 이유로 차별하고 있는 순간이다.

병과 장애가 사람 가려서
오지 않지만 사람만이 그것을
가려 그 밖으로 내몹니다.

김민아, 『아픈 몸, 더 아픈 차별』
(뜨인돌, 2016)

제 21대 총선에서 시각장애인 김예지 의원의 당선이 확정되자 안내견인 '조이'의 국회 출입 여부를 둘러싸고 논란이 일었다. 국회사무처가 애당초 조이의 출입을 막은 적 없다는 사실을 밝히며 논란은 그저 작은 해프닝으로 끝났지만 문제를 둘러싸고 며칠간 이어졌던 논쟁은 씁쓸한 여운을 남겼다. 국회의원이 국회에 출입할 때조차 이러면 평범한 일상을 사는 시각장애인은 어떨까? 누구나 당연하게 이용하는 식당, 마트 등에 출입할 때조차 '거부의 벽'에 부딪기기 일쑤다.

김 의원은 말했다. 조이의 국회 출입 결정권은 자신에게 있다고. 이 발언이 전해진 후 관련 뉴스의 댓글 창에 오만하다는 뉘앙스의 의견이 많아 깜짝 놀랐다. 안내견의 출입권이 당사자에게 있다는 건 김 의원이 국회의원이라 법 위에 군림하겠다는 뜻이 아니다. 시각장애인에게 안내견은 신체 일부인 눈이나 마찬가지고, 자기 신체에 대한 결정권은 자기에게 있다는 의미다. 시각장애인이라고 해서 모두가 안내견과 동행하는 것은 아니다. 선택은 온전히 당사자의 몫이다.

나는 초등학교 6학년 때 처음 안경을 썼다. 이불 속에 숨어 만화책을 읽다가 시력이 나빠졌는데 이제는 아예 안경 없이 생활하기 힘들다. 하지만 가끔은 멋을 내고 싶어 콘택트렌즈를 끼기도 하고 가까이 있는 사물을 봐야 할 때는 안경을 벗는다. 안경을 쓸지 렌즈를 낄지 아무 도구도 사용하지 않을지 선택하는 것은 언제나 나다. 아무도 나에게 안경을 쓰라 마라 하지 않는다.

나의 안경이 시각장애인에게는 안내견이고 지팡이다. 내 다리가 지체장애인에겐 휠체어고, 내 귀가 청각장애인에겐 보청기나 인공와우다.

말이 도무지 통하지 않는
사람은 어떻게 대해야 할까요?
제 대답은 내버려 두라는
겁니다.

유시민, 『표현의 기술』
(생각의길, 2016)

말이 안 통하는 것을 넘어 미워 죽겠는 사람이 있었다. 안 보고 살면 그만이라지만 그럴 수 없는 관계로 얽혀 있으니 볼 때마다 스트레스가 쌓였다. 부르르 떨다가 너무 미운 어느 날엔 소심한 복수를 하기도 했다. 편의점에 간다고 하니 딸기우유를 사 달라 부탁하는 그에게 초코우유를 사 갔다.

그렇게 한참을 씩씩거리다 우연히 책장에 꽂혀 있는 무라카미 류의 소설 『69』를 발견했다. 무릎을 탁 쳤다. 그래, 내가 왜 잊고 있었지? 무라카미 류의 방법! 즐겁게 살아가는 것이, 멈추지 않는 웃음소리를 들려주는 것이 후진 세상에 대한 복수라며 인생을 마치 축제처럼 살았던 이들의 이야기.

발버둥 쳐 봐야 미운 그이를 어찌할 수는 없다. 내가 어찌할 수 있는 단 한 사람은 오직 나뿐. 하지만 그이가 너무 밉다면 시시하게 초코우유를 사가는 복수가 아니라 진짜 복수를 하면 된다. 어떤 복수냐고? 행복하게 잘 사는 것! 나의 즐거운 웃음소리를 그에게 마구 들려주는 것이다.

무라카미 류의 복수법은 매우 현명하다. 상대를 배려하는 듯하면서 사실은 나 자신을 배려하는 방법이고, 복수하면 할수록 내가 더 행복해진다. 그저 내가 행복한 것만으로도 시샘하는 상대를 복장 터지게 할 수 있다니 얼마나 효율적인가. 복수하는 내내 상대는 그냥 내버려 두면 된다. 나의 즐거운 웃음소리 공격에 상대가 할 수 있는 대응은 아무것도 없다.

어떤 사람들은 자신의 이야기를
너무 사랑하는 나머지 그것이
자신의 비극일지라도, 그 이야기
때문에 본인이 불행할지라도
계속 이야기한다. 그 이야기를
멈추는 방법을 모른다. 두려움
때문일 수도 있다. 다시 태어나기
위해서 어느 부분은 죽어야 하기
때문에, 다시 태어나는 것보다
죽음이 먼저 오기 때문에, 어떤
이야기의 죽음은 스스로 익숙한
자기 모습의 죽음이기 때문에.

리베카 솔닛, 『멀고도 가까운』
(김현우 옮김, 반비, 2016)

행복해지기로 마음먹었다고 곧바로 행복해지는 것은 아니었다. 내가 행복감을 느끼는 방식을 찾아야 했고 찾고 나서는 그것을 위해 에너지를 투자해야 했다. 나는 나 자신을 분석하고 찾아가는 일에서 행복감을 느꼈기에, 정신분석과 심리상담을 넘나들며 기꺼이 즐거운 마음으로 그 작업을 해 나갔다. 그것은 심리학과에 진학하고 싶었지만 점수에 맞춰 철학과에 가서 남은 미련 때문이었을 수도 있고 '사람'에 관심이 많은 타고난 성향 때문이었을 수도 있다.

치열하게 자신을 알아가기 시작하면서 내가 불행을 스스로 선택했다는 것도 알게 됐다. 불행하지만 장애인 자식을 위해 희생하는 좋은 엄마 위치에서 한 발도 벗어나지 않으려 했다.

얻는 게 있었다. 비록 내 마음은 불행할지언정 주변으로부터 동정과 위로와 칭찬과 존경이라는 보상을 받았다. 권력도 생겼다. 불행할 정도로 희생하는 모습을 뻔히 보면서 남편이나 딸은 나에게 반항할 생각 따윈 못했다. 그렇게 난 불행한 엄마, 숭고한 엄마 '코스프레'를 놓지 않으려 했다.

행복해지고 싶다면서도 불행을 붙들고 매달린 건 내 자신이었다는 피하고 싶은 진실과 대면한 뒤에야 비로소 불행을 품에서 떠나보낼 결심을 했다. "불행. 너 이제 저리 가. 더는 네게 의지하지 않을 거야!"

행복해지고 싶다면서 행복하기를 거부했다. 보상이 너무나 커서 불행한 이야기를 계속 되풀이했다. 나를 배려하지 않은 건 다른 누구도 아닌 바로 나 자신이었다.

우리가 진정으로 인정받는다는
것은 나의 감정, 나의 다양한
감정을 그대로 수용받고
이해받는 경험입니다.

이인수, 『올 어바웃 해피니스』
(김아리 엮음, 김영사, 2019)

"감정을 수용해야 존재를 인정하는 것"이라는 말에 깜짝 놀랐다. 상대의 존재를 인정하는 것이 그의 감정을 수용한다는 의미였다니. 너무나 중요한 말인데 왜 모르고 살았을까.

가끔 딸이 역차별을 애기할 때가 있다.

"엄마, 내가 비장애인이라고 차별하는 거 아니야?"

그러면 나는 "아이고, 무슨 소리여"라며 딸에게 애정 표현을 한다. 그런데 곰곰 생각해 보니 역차별했던 게 맞다. 말 못하는 아들과 소통하기 위해 아들은 언제나 예민하게 살피며 감정을 온전히 수용하려고 노력했지만, 딸을 대할 때는 말 잘하는 딸의 '언어'에만 치중해 말 속에 숨은 감정을 수용하려는 노력을 게을리 했다. 장애인과 비장애인, 말할 줄 모르고 잘한다는 이유로 엄마인 내가 비장애인 딸을 역차별한 게 맞다.

미안한 마음도 들고 그간 지나친 많은 일이 생각나기도 한다. 부모로부터 인정받고 싶었던 어린 시절의 내가 떠오르기도 한다. 다른 걸 인정받고 싶은 게 아니었다. 그저 내 마음을 엄마 아빠가 알아줬으면 했다. 원하는 건 그것 하나였다.

딸 역시 '나도 동생처럼 두 번 안아 달라'는 뜻이 아닐 것이다. 자신의 마음을 알아 달라는 것일 테다. 동생의 감정을 온전히 살피듯 자신의 감정도 온전히 살펴 달라는 호소일 테다.

이렇게 분명히 자기도 배려해 달라 말하고 있었는데, 존재를 인정하는 것은 감정을 온전히 수용하는 것이 시작이었는데……. 그동안 몰라서 미안했고 지금이라도 알아서 다행이다.

태어나 보니 제일 가까이에
복희라는 사람이 있었는데,
그가 몹시 너그럽고 다정하여서
나는 유년기 내내 실컷 웃고
울었다. (……) 이 사람과 아주
많은 이야기를 나누며 자라
왔다. 대화의 교본이 되어 준
복희. 그가 일군 작은 세계가
너무 따뜻해서 자꾸만 그에
대해 쓰고 그리게 되었다.

이슬아, 『나는 울 때마다 엄마 얼굴이 된다』
(문학동네, 2018)

가끔 남편은 내가 스스로에게 너무 관대하다고 한다. 배가 고프면 자정이 넘어도 만두를 구워 먹고, 조금만 힘들어도 "아이고 나 죽네" 하며 운동을 중단하는 모습에 기가 차서 한 말이다. 물론 다른 의미도 내포돼 있다는 것을 안다. 『웬만해선 그들을 막을 수 없다』던 옛날 시트콤 제목처럼 나는 웬만한 일엔 쉽게 흔들리지 않고 그런 나를 남편은 한편으론 부러워한다.

직장 다닐 때 일이다. 악마로 불리던 상사가 다다다다 집중 폭격을 가하고 나면 동료들은 탈탈 털려 종일 힘들어했다. 하지만 나는 폭격 후 1분도 지나지 않아 "그런데 부장님, 오늘 점심은 뭐 먹어요?"라고 물어보는 똥배짱이 있었다.

내 성격이 좋아서 그런 줄 알았는데 어릴 적 부모와 주고받았던 상호작용의 틀을 직장에서도 적용했기 때문이라는 사실을 최근에야 알았다. 상사의 호통에도 흔들리지 않았던 건 공부 안 한다고 구박했던(구박하는 것처럼 느껴졌던) 부모가 사실은 나의 가장 든든한 지원군이라는 사실을 늘 믿고 있었기 때문이다. 이런 믿음이, 웬만한 일엔 얼어붙지 않는 상호작용의 기본 틀로 자리 잡은 것이다.

동생 둘이 서울대학교에 입학했다. 쌍둥이를 출산하자 나도 욕심이 생겼다. 엄마에게 자식 둘을 서울대 보낸 비결이 뭐냐 물었더니 "그냥 대화를 많이 했어"라는 시시콜콜한 답이 돌아왔다. 그게 뭐냐며 시큰둥하게 반응했는데 알고 보니 그것이 부모로서 자식을 배려한 최고의 방법이었다. 그렇게 구축된 관계의 틀이 지금 우리 삼 남매에게 가장 큰 자산이다.

여성을 인간으로 여기지 않는
깊은 무의식을 드러내는 언어가
바로 여성을 '먹는다'고 하는
표현이다.

레프 니콜라예비치 톨스토이(작가)

톨스토이는 무려 백 년 전 러시아에 살았던 사람이다. 그러니 그의 이 말은 '여성을 먹는다'는 표현이 과거와 현재, 국내외를 가리지 않고 만국 공통으로 사용되어 왔다는 의미겠다.

몇 년 전까지만 해도 나 역시 이런 표현에 큰 문제의식을 느끼지 못했다. 남편과 연애하던 시절 "자기야, 배 안 고파? 뭐 먹을까?"라고 물으면 남편은 "너!"라고 말하곤 했고, 그 말에 나는 "아잉, 몰라" 하며 몸을 꼬았다. 너무나 당연한 듯 이런 대화가 오갔다.

톨스토이의 말을 듣고 보니 먹히는 건 언제나 여성이었다는 생각이 든다. 여성은 남성에게 먹는다는 표현을 좀처럼 쓰지 않는다. "저 남자 먹고 싶다"거나 "저 고추 맛있겠네"라고 말하는 여성은 내 주변에서는 찾기 어렵고 간혹 할머니들이 손자에게 "꼬추 따먹자"라는 농담을 한다. 그마저도 손자가 성인이 되면 하지 않는다.

여성을 먹는다고 하면 남녀 관계는 일방적인 것이 되고 주체성도 남성에게만 주어진다. 먹히는 존재는 단지 먹힐 뿐이다. 내가 치킨을 먹을 때 치킨은 자신을 존중해 달라 하지 않는다. 순대를 먹을 때의 난 순대에게 주체성을 내어 주지 않는다. 남녀 관계에서도 다를 게 없다.

멈춰야 한다. 인습에서 비롯된 수많은 '실수'가 범죄가 되는 걸 막기 위해서라도 이런 표현과 시선은 사라져야 한다. 여성은 음식이 아니다. 남녀 관계, 연인 관계의 기본은 동등한 개체로서의 상호 존중과 배려다.

여성사는 한쪽으로 치우친
단 하나의 진실이 아니라
불편하고 또렷하게 보이지 않고
더디지만 평등하고 민주적인
가치를 배우는 과정입니다.
따라서 여성사는 과거가 아니라
미래를 위해 필요합니다.

이임하, 『이임하의 여성사 특강』
(철수와영희, 2018)

신사임당과 허난설헌. 출중한 재능을 지녔던 두 여성은 생전에 상반된 모습의 삶을 살았다. 신사임당은 당대에도 현모양처로 칭송받고 지금도 오만 원 지폐에 얼굴이 새겨져 있지만, 허난설헌은 당대에 억수로 욕먹고 견제를 당하다 지금에야 재평가되는 중이다.

원인을 한 가지 요소로 해석할 순 없다. 신사임당은 잘 키운 아들(율곡 이이) 덕을 본 것도 있을 것이고, 허난설헌은 남편한테 버림받은 본처로 구설에도 올랐을 것이다.

하지만 나는 두 사람의 상반된 삶이 처가살이와 시집살이에서 큰 영향을 받지 않았을까 생각해 본다. 부모 형제자매의 배려를 듬뿍 받는 환경 속에서 신사임당의 재능과 평판은 빛을 발할 수밖에 없었겠지만, 바람둥이 남편 때문에 속 썩고 시집살이에 고달픈 허난설헌의 재능은 그녀가 처한 현실과 맞물려 비난과 견제의 대상이 될 수밖에 없지 않았을까. 만약 거꾸로 신사임당이 시집살이에 고달팠다면, 허난설헌이 친정의 배려 속에 안정적 생활을 꾸렸다면, 지금 오만 원 지폐의 주인은 바뀔 수도 있지 않았을까.

배려 있는 환경의 중요성은 장애 관련 문제에도 적용해 볼수 있다. 배려 있는 환경에서 성장한 장애인은 개인 역량을 최대로 펼쳐 낼 테지만 배제당하는 환경에서는 어떠한 개인이라도 기본적인 삶을 영위하는 것조차 고달플 수밖에 없다.

누가 어떤 모습으로 태어나든 존재 자체로 지지받고 응원받는 환경적 시스템이 구축되어야 한다. 그것이 우리가 나아가야할, 배려 있는 사회의 방향성이다.

교육 기회에서 소외되고
문화적 차별을 경험한 집단이
자신의 경험을 사회적으로
의미 있게 전달하는 것이
얼마나 어려운 일인가.

권김현영, 『다시는 그전으로 돌아가지 않을 것이다』
(휴머니스트, 2019)

"아리야, 지금 몇 시야?"

"지니야, 캐논 변주곡 가야금 버전 틀어줘"

인공지능 스피커와 TV에 대고 하는 말이다. 십여 년 전만해도 영화나 광고 속에서만 봤던 일을 일상으로 누리고 있다. 딸과 나는 현대문명의 선물인 이 시스템을 적극 활용 중이다. 듣고 싶은 음악도 말만 하면 틀어 주고, 뉴스를 보지 않아도 오늘 날씨를 말해 준다. 가전제품을 스마트폰과 연결하면 외출하며 켜 놓고 나온 전기도 끄고 보일러도 알아서 틀어 놓는다는데 그것도 차차 해 나갈 생각이다.

이런 일상이 당연해져 갈수록 아들 생각이 깊어진다. TV한테 지시하고 냉장고와 대화하는 시대가 이미 눈앞에 펼쳐졌지만 무발화인 아들은 이 모든 혜택을 누리지 못한다. "야갸갸갸", "아꾸지 아꾸지", "드그드그드그드그" 이런 말이 무엇을 뜻하는지 알아들을 수 있는 똑똑한 시스템도 언젠간 등장할까?

키오스크(무인 정보 단말기)도 그렇다. 한글을 이해하지 못하는 아들에겐 무용지물이다. 이가 없으면 잇몸, 한글을 모르면 그림을 보면 되지 않냐고? 키오스크도 종류별로 다른 데다 하나의 키오스크 안에서도 복잡할 정도로 선택 사항이 많아 아들이 화면의 그림만 보고 지시 사항을 따라가기엔 무리다.

문명의 이기가 발전할수록 아들에겐 이해 못할 것이 늘어난다. 아들만이 아니다. 최첨단 기술이 도입될수록 일부 유형의 장애인이나, 대부분의 노인, 한글을 모르는 외국인에겐 오히려 장벽이 높아지는 현상이 발생한다. 세상은 분명 갈수록 편해지는데 왜 아들은 더 큰 장벽에 가로막히는 느낌이 들까? 기술이 발전할수록 기술적 접근이 어려운 소외 계층에 대한 배려도 함께 발전하길 기대해 본다.

"할멈, 사람들이 왜 나보고
이상하대?"
"네가 특별해서 그러나 보다.
사람들은 원래 남과 다른 걸
배기질 못하거든."

손원평, 『아몬드』
(창비, 2017)

작년 일이다. 저녁 시간에 아들과 키즈카페에 갔다. 한 남자가 남매를 데려와 놀고 있다. 카페 중앙엔 '빙빙이'가 있다. 아이들이 의자에 앉거나 줄에 매달려 있으면 어른이 손으로 빙빙 돌려 움직이는 놀이기구다. 남자가 엄청난 힘으로 빨리 돌리는 걸 보자 아들은 빙빙이가 타고 싶어 안달을 낸다. 달려가 빙빙이 앞에 선다. 보통 이런 상황이면 어른들은 기구를 잠깐 세워 기다리는 아이가 탈 수 있게 배려한다. 하지만 남자는 아들을 보고도 멈출 생각이 없다. 아들은 빙빙이와 아저씨와 나를 번갈아 보며 "우이 우이" 하며 호소했고 나는 "동환아 기다려. 멈추면 타자. 기다려"라고 달랬다. 한참을 지나도 멈추지 않자 빙빙이에 타고 있던 네 살 꼬마가 의자에서 폴짝 뛰어내렸다. 아저씨는 그제야 돌리던 손을 멈추고 아들에게 "왜 내려?" 하고 물었다. "저 형이 타고 싶대."

꼬마 덕에 아들도 빙빙이에 올랐다. 그러다가 얼마 후 아들이 또다시 빙빙이 앞에 섰다. 아저씨는 이번에도 아들을 투명인간 취급한다. 이렇게 직접적인 장애 혐오와 노골적인 적대감은 오랜만이라 나도 순간 당황했다. 단호하게 "잠깐 멈춰 주시죠" 해도 됐는데 한마디도 못하고 울 것 같은 얼굴로 아들을 달랬다. 그러자 이번에는 꼬마의 누나인 일곱 살 아이가 또 폴짝 뛰어내렸다. 아빠의 행동을 보다 못한 아이들이 차례로 돌아가며 아들을 배려한 것이다. 그 덕에 아들은 또 빙빙이에 올랐다.

아저씨에겐 과분한 자식들이었다. 지난여름, 주체적으로 베풀었던 그 작은 배려를, 용기 있게 행동에 옮긴 그 작은 실천을 아이들이 오래도록 기억하기 바란다. 그 예쁜 마음이 큰 자산이 되어 남매의 삶을 환하게 비추는 날이 오리라 믿어 의심치 않는다.

다른 사람을 행복하게
하기 위해 할 일이란, 얼마나
작은 것인가!

아모스 오즈, 『나의 미카엘』
(최창모 옮김, 민음사, 1998)

근육 여기저기에 통증이 생겨 도수 치료를 받고 실비 보험을 적용받을 수 있는지 확인하고 싶어 보험 회사에 전화를 걸었다. 보험료를 낼 줄만 알았지 사용해 본 적은 없어서 이것저것 묻느라 통화가 길어졌다. 전화를 끊으니 문자가 온다. 통신사든 카드사든 보험 회사든 고객센터와 통화를 한 뒤 으레 오는 자동 문자일 터였다. "답변이 도움이 되었기를 바랍니다. 즐거운 하루 보내세요." 이런 내용을 예상했는데 조금 다른 메시지가 왔다.

"목소리가 예쁜 고객님 뵙게 되어 반가웠습니다. 기분 좋은 하루 보내세요." 자동으로 발신되는 메시지가 아니다. 방금 전 나와 통화한 상담원이 직접 써 보낸 문구다. 목소리가 예쁘다는 나의 특징을 잡아내 기분 좋게 언급하며 발랄한 이모티콘까지 추가했다.

하루에도 몇 통이나 비슷한 전화를 받고 비슷한 답변을 해야 할 텐데 나의 전화를 '오늘도 처리해야 할 일거리 중 하나' 정도로 여기기보다 나를 '내가 기꺼이 돕고자 하는 한 사람'으로 대한 것 같다는 느낌을 받았다. 그 마음이 고스란히 전해지며 마음에 온기가 감돌았다. 존중받았다는 생각마저 들며 입가에 웃음이 번졌다. 그 유쾌함으로 하루를 잘 보내게 된 것은 덤이다.

이날 상담원의 행동은 아주 사소했다. 이름도 모를 누군가의 사소한 관심과 실천과 배려가 또 다른 누군가의 하루를 풍성하게 만들었다. 이런 사소함이 세상에 색깔을 입힌다.

누군가는 앞서가고, 누군가는
실패하고, 누군가는 빨리 얻고,
누군가는 뒤처지는 일들이 눈이
보이는 때가 있었다. 그즈음
관계라는 것은 완전히 재편되기
시작했다.

정지우, 『행복이 거기 있다, 한 점 의심도 없이』
(웨일북, 2019)

내 별명은 '인간관계의 여왕'이었다. 사회성이 뛰어난 덕에 늘 존재감이 있었다. 난 그런 내 모습을 즐겼다. 휴대전화에 저장된 번호가 늘어 갈수록 어깨에 힘이 들어갔다. 그러다 출산을 했다. 1년 동안은 인맥이라 할 만한 것에 큰 변화가 없었다. 곧 다시 직장으로 복귀하리라 생각했기 때문이다. 모두가 이전과 다르지 않은 태도로 나를 대했다. 하지만 아들이 장애 진단을 받으며 경단녀(경력 단절 여성)가 되었고 사람들 휴대전화에서 내 연락처가 사라지기 시작했다. 사회생활 무대에서 '기브앤드테이크' 할 게 없으니 인맥으로서의 효용 가치가 끝나 버린 것이다. 상실감이 엄청났다.

매 순간 서 있는 그곳이 바닥인 줄 알았다. 그런데 지하 1층이 있었고 그 밑엔 어두컴컴한 지하실도 있었다. 힘들었다. 하지만 돌이켜보니 인생에 반드시 필요한 시기였다. 그때 이후 나는 진짜 친구와 친구인 척하는 자를 구분할 수 있게 됐다. 그 험난한 시기를 거치고 나서야 비로소 알게 됐다.

그러니 괜찮다. 이런 기회는 흔히 오지 않는다. 밝고 높은 곳, 지상 100층에만 있으면 갖고 싶어도 가질 수 없는 기회였을 것이다. 그러니 혹 인생 밑바닥, 지하 1층에서 몸부림치고 있는 사람이 있다면 지금을 딱 그때라 생각하면 된다.

삶은 우리를 너무나 예뻐하는 나머지 원한 적 없는데도 주변을 정리할 기회를 준다. 그럼 그냥 특별 배려를 받았다 생각하고 이왕 받은 배려, 넙죽 받으면 된다. 바닥까지 내려갔으면 남은 건 다시 올라갈 일뿐이다.

자신에게 투자하는 것은
전 세계에서 가장 수익률이
높다.

김우창, 『청년백수에서 억대 연봉 콜센터 팀장이 된 비결』
(미다스북스, 2019)

대학 때 '스트레스의 이해와 관리'라는 교양 수업을 들었다. 스트레스라는 외부 자극이 있을 때 그것을 스트레스로 받을지 말지는 내가 선택할 수 있다고 배웠다. 꽤 쓸모 있는 관리법도 배웠다. 빈 종이를 반으로 나눠 왼쪽에는 스트레스 상황을 나열하고 오른쪽에는 나를 기쁘게 하는 일을 나열하는 것이다. 왼쪽에 있는 상황 중 하나가 발생하면 재빨리 오른쪽으로 눈을 돌려 당장 할 수 있는 일을 찾는다. 예를 들어 설거지라는 스트레스 상황이 발생했을 때 음악 듣기라는 오른쪽 목록의 일을 얼른 실행에 옮기면 스트레스를 덜 받으며 설거지를 할 수 있다. 근본적인 해결책은 아니지만 적어도 스트레스라는 비상 상황에 점령당하지 않고 거리를 둘 수 있는 응급 처치법으로는 훌륭했다.

아들의 장애로 힘들었던 시기, 이 방법이 한몫을 했다. 온몸이 뻐근해서 마사지라도 받고 싶다는 마음이 들 때면 늘 돈이 아쉬웠다. 마사지 한 번 받을 돈이면 아들이 놀이 치료 세 번을 더 갈 수 있었으니까. 그래서 끙끙 앓았다. 그러다 도저히 참을 수 없던 어느 날 미용실에 가서 머리만 감겨 줄 수 있냐고 물었다. 가능하단다. 5천 원이면 머리를 감겨 주면서 두피 지압 마사지도 해 주었다. 노곤노곤해지고 피로가 풀렸다. 아주 작은 마음의 여유도 생겼다.

이 방법이 효과를 보자 조금 더 대담해졌다. 아들이 유치원에 가 있는 동안 혼자 노래방도 가고 맛있는 것도 사 먹었다. 나를 행복하게 하는 사소한 것들을 하나씩 그러나 적극적으로 실천해 나갔다.

실천해야 뭔가가 바뀐다. 그런데 자신을 위한 배려만큼은 늘 마음으로만 한다. '괜찮아, 괜찮아질 거야.' 혼자서 되뇌기만 한다. 하지만 자신에 대한 배려도 마찬가지다. 적극적으로 실천해야, 행동으로 배려해야 배려의 효과가 나타난다.

"당신은 지금 때가 어느 땐데
그런 고리타분한 소릴 하고
있어? 지영아, 너 얌전히
있지 마! 나대! 막 나대!
알았지?"

조남주, 『82년생 김지영』
(민음사, 2014)

"여자가……"라는 말 만큼 갑갑한 말도 없다. 이야기가 이렇게 시작되면 눈에 보이지 않는 밧줄로 온몸이 꽁꽁 묶이는 느낌이다. 여자니까 얌전히 말하고, 여자니까 예쁘게 웃고, 여자니까 이러이러해야 해. 그러면 남자니까 용감해야 하고 남자니까 호탕해야 하고 웃을 때도 껄껄껄 웃어야 할까.

'여자니까', '남자니까'라는 딱지는 남녀가 서로를 옭아매는 표현이다. 여자는 호탕하게 웃고 씩씩하게 걸어도 된다. 남자는 소곤소곤 말하고 눈물을 참지 않아도 된다. 여자 남자가 아니라 우리 모두 사람이기에 얼마든지 자신이 원하는 방식으로 편히 살면 된다. 자기 욕구에 따라 무슨 일이든 할 수 있다.

영화 『82년생 김지영』에서 지영이 엄마가 "나대. 막 나대"라고 말한 대목에서 많은 여성들이 눈물을 터뜨렸다. 비록 자신은 여자라는 굴레에 순응해 살았지만 너희는 여자가 아닌 사람으로 살라고, 하고 싶은 일 마음껏 하며 남자 여자가 아닌 사람으로 살라고, 엄마는 딸에게 다그치듯 쏟아 냈다.

우리 엄마도 그랬다. "여자가 칼을 뽑았으면 무라도 자르라"고. '여자' 대신 '남자'가 들어가는 게 더 자연스러운 문장을 엄마는 항상 '여자'로 바꿔 이야기했다. 반대로 남동생은 "남자가 칼을 뽑았으면" 같은 말을 들어 본 적 없을 거다.

같은 여성으로서 딸의 삶을 배려하는 엄마의 말은 힘이 세다. 나도 내 딸에게 같은 얘기, 같은 배려를 해 주리라 다짐한다.

"수인아, 나대. 막 나대도 돼. 너 하고 싶은 거 다하며 살아. 여자가 칼을 뽑았으면 무라도 잘라야지. 자르고 나면 다시 칼집에 집어넣고. 그래도 돼. 그렇게 살아야 해."

욕설은 듣는 쪽보다
하는 쪽의 품위와 관련이
있다고 생각합니다.

박서련, 『체공녀 강주룡』
(한겨레출판, 2018)

페미니즘 공부를 하며 배운 것이 많지만 아쉬운 점도 있었다. 혐오에 대응하는 자세. 그 부분이 늘 마음에 걸렸다. 장애인판에서는 내가 받은 혐오를 혐오로 돌려주는 일이 잘 일어나지 않는다. 하지만 페미니즘에서는 여성 혐오에 대응하기 위해 '한남'이라는 단어를 등장시켰다. 그 말이 사용되는 맥락 속에서 그 의도를 이해하라는 이야기를 여러 번 들었지만 그래도 불편했다. 나는 여성이지만 장애인판의 일원이기도 해서 일상의 매 순간 혐오를 접하기 때문이다.

혼자 돌아다닐 때 나는 시시각각 직접혐오를 느끼진 않는다. 즉 여성으로서의 나는 직접혐오보다는 간접혐오에 노출되는 일이 많다. 반면 아들과 함께 거리에 나서면 혐오는 즉각적이고 직접적이며 일상적인 것이 된다. 어디에서나 겪고 죽을 때까지 겪을 것이기에 장애인과 그 가족은 누구보다 혐오의 무게를 잘 안다.

그렇기에 혐오를 받았다고 해서 또 다른 혐오를 재생산하지 않는다. 무겁고 무섭고 슬프고 아픈 것이라는 것을 알기에 혐오가 혐오를 타고 재생산되는 것을 차단한다. 장애인 혐오의 역사가 이렇게 긴데 비장애인을 경멸하는 혐오의 말이 없는 것은 어쩌면 이런 이유 때문일지도 모르겠다.

혐오를 없애는 방법은 또 다른 혐오로 맞대응하는 것이 아니다. 혐오 그 자체를 멈추는 것이다. 혐오 문화가 사라지게 힘쓰는 것이다.

혐오의 말은 어떤 명분으로든 사용되어선 안 된다. 혐오의 진짜 무게를 아는 자는 결코 혐오의 말을 가볍게 사용하지 않는다.

진심이 중요하지만 우리
관계에서 더 필요한 건 태도,
사람을 대하는 태도다.
태도는 진심을 읽어 내는
가장 중요한 거울이다.

한창훈
엄지혜, 『태도의 말들』에서 재인용
(유유, 2019)

정서적 폭력이 명분을 등에 업으면 얼마나 당당하게 저질러질 수 있는지 종종 보고 겪는다. 명분을 등에 업었다는 건 옳은 말을 하고 있다는 뜻이다. '옳은 말'은 정당하다. 그렇기에 옳은 말을 하는 자의 목소리엔 물러서지 않겠다는 의지와 힘이 깃든다.

옳은 말과 정당한 말이 옳지 않은 말, 정당하지 않은 말보다 힘이 세야 하는 건 당연하다. 옳은 말이 가리키는 대로, 정당한 말이 향하는 곳으로 나아가야 하는 것도 당연하다. 문제는 방식이다. 말하는 태도와 배려의 마음이다.

때로 사람들은 옳은 말에만 너무 집중한 나머지 그 말을 하며 타인에게 정서적 폭력을 휘두르는 것을 서슴지 않는다. 하지만 우리는 모두 다른 환경 속에서 자라 왔고, 무엇이 옳고 그른지 파악하는 데 각각 다른 시간이 걸린다. 옳은 말이 옳다는 것을 설명하기 위해 누군가에게는 더 많은 설명을 해야 하는 경우도 있다. 즉 각자의 삶에서 각자의 경험을 재해석하는 과정을 통해 옳은 방향을 깨우치는 데 저마다의 시간이 필요한데, 옳은 말을 하는 사람은 때로 그 시간을 기다려 주지 않는다.

말에만 집중하다 보면 사람을 놓치기 쉽다. 옳은 말을 하는 이유도 결국 사람을 위해서다. 사람 사이의 옳은 관계를 위해 옳은 말이 필요한데 말을 관철시키려고 사람을 묵살해 버리면 옳은 말이 가진 명분은 사라진다.

예쁘고 듣기 좋은 말만 하자는 게 아니다. 상대가 옳은 말을 받아들일 수 있게 그의 시간을 존중하고 기다려 줄 필요가 있다는 뜻이다. 그래야 옳은 말을 하는 자의 옳음도 왜곡 없이 진심으로 받아들여진다. 중요한 건 진심보다 태도라는 말에 갈수록 고개가 끄덕여지는 이유다.

"내가 아니면 안된다"는
생각처럼 위험한 것은 없다.
독선의 모체이기 때문이다.

신봉승, 『소설 한명회』
(갑인출판사, 1992)

직장 다닐 때 일이다. 여느 때와 다름없는 회의 시간에 직속 상사가 갑자기 회사를 그만두겠다는 폭탄 발언을 했다. "어떻게 이럴 수 있어요?" 나는 곧장 배신감을 느낀다며 분노를 쏟아냈다. 그 말을 묵묵히 듣던 그가 말했다. 자신은 있는 자리가 어디든 그곳이 자기 자리라는 생각은 하지 않는다고. 자신을 대신할 사람은 많다고. '우와, 이 아저씨 보소. 이렇게 무책임하다니!' 나와는 다른 사고방식이었다. 나는 있는 자리가 어디든 그 자리를 내 자리라 생각했다.

그로부터 10년 후 오랜만에 옛 직장 선배를 만났다. 그의 기억 속의 나는 '하고잡이'였단다. 무슨 뜻이냐 물으니 주인의식을 갖고 열심히 사는 사람을 일컫는 사투리라 한다. '하고잡이'인 내 눈엔 쉽게 사표를 쓰고 떠나는 당시 상사의 행동이 무책임하게만 보였다. 남겨질 부서원은 코딱지만큼도 배려하지 않는 이기적인 사람이라고도 생각했다. 세월이 흘렀고 지금의 난 그때와 다른 것을 본다. 내가 아니면 안 된다는 생각이 욕심과 오만의 또 다른 얼굴일 수 있음을 알게 된 것이다.

살다 보니 움켜쥐고 놓지 않으려 발버둥 치는 사람이 더 위험했다. 주변을 배려하는 이는 언제든 내려놓을 수 있는 마음의 준비가 된 사람이었다. 모두를 위해 자신을 희생하느라 움켜쥐고 안 놓는 것이라고? 말은 고맙지만 더 이상 희생하지 않아도 된다. 믿지 못하겠다면 어디서든 확인해 봐도 좋고! 나 아니면 안 될 것 같던 일이 내가 손을 놓는 순간 누군가에 의해 더 잘 굴러가는 모습을 보게 될 것이다.

책임감과 주인의식으로 위장한 '나 아니면 안 돼'라는 생각 속에는 욕심과 오만이 숨어 있다. 내가 아니어도 된다. 그래야 오만해지지 않는다. 그래야 변질되지 않는다. 그래야 '내 중심' 이 되지 않는다. '내 중심'을 탈피해야 주변도 배려할 수 있는 법이다.

남한테 도움을 청할 수 있는 건 용기고 사람이 사람답게 살 수 있는 조건이다.

허지웅(작가)

082

남편은 사람들에게 길을 안 물어본다. 초행길도 끝까지 혼자 해결하겠다고 이리저리 헤매며 검색하느라 길 위에서 꽤 긴 시간을 보낸다. 아닌 길로 들어갔다 돌아 나오기도 한다. 보고 있는 난 속이 터진다. 아무나 붙잡고 물어보면 될 일을. 하루는 왜 길을 묻지 않냐 했더니 쪽팔린다고 한다. 남에게 피해 주고 싶지도 않단다. 허허. 나나 좀 그렇게 배려해 보지.

혈액암 투병을 마친 허지웅 작가가 오랜만에 출연한 방송을 봤다. 혼자 산 세월이 길어 뭐든 혼자 해결했던 그가 암 투병 이후 달라진 속마음을 얘기하는데 감동이 인다. 그는 변했다. 가장 큰 변화는 관계에 대한 자세였다. 무엇이든 혼자 해결하려던 과거의 자신을 버렸다. 남에게 도움을 청할 수 있는 것도 용기라 말하는 그가 멋져 보였다. 도움을 주고받으며 사는 것. 그것이야말로 사람이 사람답게 살 수 있는 조건이라 말하기까지 얼마나 많은 고통을 혼자 감내했을까.

정신건강의학과 전문의 노경선 박사는 남에게 도움을 청하는 것은 환경적응력이 뛰어난 것이라 이야기한다. "혼자서도 잘해요"는 책상 정리할 때나 쓰는 말이고 사회라는 환경 속에서 잘 적응해 살아가려면 자연스럽게 도움을 주고받을 수 있어야 한다.

다시 남편 이야기로 돌아와서, 모르는 행인에게 길을 묻는 행위는 쪽팔린 일도 아니고 폐 끼치는 일도 아니다. 용기 있는 일이고, 사람다운 일이며, 환경적응력이 뛰어난 것이다. 그러니 얼마든지 물어도 된다. 낯선 길에서 길을 물을 때 묻고 답하는 두 사람은 도움을 주고받고 서로를 배려하며 작으나마 함께 성장의 계기를 얻는다.

결국 '대화의 기술'이란 별것이 아니고 배려와 역지사지인 것 같습니다. 말하는 내 입장보다 먼저 듣는 상대방의 입장을 생각하는 것이죠.

문유석, 『판사유감』
(21세기북스, 2014)

심리학 독서모임에 가입했다. 이전 독서모임에서 좋은 경험(치열한 토론 속에서 발견하는 빛나는 사유)을 했기에 기대가 컸다. 그런데 웬걸? 너무 조용하다. 서로 다른 생각이 부딪히며 그 속에서 정반합을 찾아가는 재미, 그토록 바라던 그 재미가 없다. 중간에 합류한 터라 기존 회원들에게 왜 이리 말을 아끼냐 닦달할 수도 없고 혼자 가슴만 치며 몇 주를 보냈다. 그러다 어느 날 모임장인 한명훈 정신건강의학과 전문의의 말을 듣고 소름이 돋았다.

"상대방 이야기에 오롯이 귀 기울이기 위해서는 상대가 한 이야기 안에서 질문을 찾고 그걸 다시 돌려줘야 합니다."

떠들 줄 몰라서 조용한 게 아니었다. 화자의 이야기에 온전히 집중하기 위해, 마음에 품은 자기 문제를 스스로 풀게 돕기 위해 모두 나서지 않고 참견도 추측도 하지 않고 경청한 것이었다. 반박, 재반박 또 이어지는 재반박을 통해 답을 구하는 강력하고 화끈한 방식이 아니라 화자의 말 안에서만 다시 질문을 던지는 방식으로 스스로 답을 찾게끔 모두가 돕고 있었다. 그런 것도 모르고 왜 이리 조용하냐며 가슴을 치던, 성격 급한 내가 부끄러워졌다.

물론 이것은 하나의 방법일 뿐이다. 청자의 입장에서 추측하거나 생각하지 않고 화자의 말 안에서만 다음 질문거리를 찾는 것이 진정한 의미의 경청이라고 단정할 수는 없다. 하지만 경청하는 데 익숙하지 않은 이들, '충조평판'(충고, 조언, 평가, 판단)에 일가견 있는 오지라퍼들에겐 듣는 법을 배우고 몸에 익힐 수 있는 좋은 기회가 될 것이다.

배려가 있는 대화는 경청으로부터 시작된다. 누군가 내 이야기에 오롯이 귀 기울일 때 우리 마음은 치유되기 시작한다.

네 인생을 너 이외의
누구에게도 맡기지 마.

가와세 나나오, 『이사부로 양복점』
(이소담 옮김, 황금시간, 2019)

"사람이 이마빡에 불이 들어오면 못해낼 일이 없다."

아빠가 이 말을 했을 때 고등학생이었던 나는 푸흡 웃음을 터트렸다. 늘 점잖은 아빠가 '이마빡'이라니. 소리 내서 웃진 못하고 속으로 낄낄거렸다. 어떤 뜻으로 한 말인지, 언제 필요할 말인지 깊게 생각하지도 않았다. 그리고 몇 년 후 대학을 졸업하고 사회생활을 시작하며 '실패의 경험'이 쌓여 나갔다. '해도 안 되는 걸 어쩌라고!' 하던 일이 어긋나면 쉽게 포기했고, 나 같은 인재를 제대로 알아보지 못한다며 남을 탓하기도 했다.

언제였더라. 잊고 있던 이 말이 불쑥 떠오른 것이. 더 이상 뒤로 물러설 데가 없어진 30대의 어느 날, 절박함으로 가득한 그때 속는 셈 치고 잊었던 아빠의 말을 한 번 믿어 보기로 했다. 얍! 이마에 노란 백열등 이미지를 그렸다. 그리고 번쩍 불을 켜니 신기하게도 못해낼 일이 없었다. '창피? 생각보다 사람들은 나에게 관심이 없어. 거절당할 두려움? 시도하지 않으면 아무 일도 일어나지 않아.' 의지는 집중으로, 집중은 몰입으로 이어졌고 그렇게 이마빡에 불을 켤 때마다 삶에 필요한 것들을 차근차근 이룰 수 있었다.

이마빡에 불을 켠다는 건 자기 계발을 권유하는 것도, 극복을 강조하는 것도, 성공 신화를 부추기는 말도 아니다. 의지에 관한 얘기다. 강한 의지가 어떤 일들을 가능케 하는지에 대한 이야기다. 한 발 더 나가 강한 의지는, 삶의 주도권을 타인에게서 나 자신에게로 가져오는 중요한 열쇠가 됐다. 그것을 30대에 이르러 경험을 통해 알게 됐다.

대학 입시만이 중요했던 시절, 공부하라는 잔소리 대신 의지에 관한 이야기를 해 준 아빠가 고맙다. 공부하라고 잔소리하면 삐딱하게 나갈 딸을 배려해 대신 삶의 큰 버팀목이 될 이야기를 들려준 아빠가 두고두고 고맙다.

다급한 엄마는 옆집 아이에게
눈을 돌리고 현명한 엄마는
내 아이에게 눈을 맞춘다.

윤주선, 『엄마의 눈높이 연습』
(포레스트북스, 2019)

아이가 태어나고 응애응애 우는 시절엔 '그저 건강하게만 자라 다오' 하고 바란다. 그러다 아이가 초등학교에 입학해 통지표를 받아 오면 원대한 꿈을 갖는다. '잘함'란에 줄줄이 찍힌 빨간 도장을 보고 '내 아이는 특별하다'는 기대를 하는 것이다. 고학년이 되면 한때 꾸었던 '나비의 꿈'이 깨지기 시작한다. 옆집 아이는 수학을 1년 이상 선행학습하고 아랫집 아이는 경시대회에서 상도 받았다는데 내 아이가 잘하는 것이라곤 게임과 말대꾸밖에 없는 걸 보면 속이 터진다. 이때부터 본격적으로 시작된다. 부모와 자식의 심장을 쫄깃하게 하는 미스터리 서스펜스 드라마. 막장 드라마보다 10배는 더 스릴 있는 애증의 대서사시.

건강하게만 자라면 소원이 없다던 아이의 성적표에 화가 치미는 건 내 아이를 남의 아이와 비교하기 때문이다. 비교를 시작하면 부러움, 시기심, 질투, 조바심 같은 달갑지 않은 손님들이 찾아온다. 이 손님들은 발전을 위한 촉매 역할을 하기도 하지만 그건 개인 성찰에 의한 것이었을 때 얘기다. 외부에서의 압력으로 이러한 것들이 주입되면 당사자의 마음속에 지옥문이 열린다. 우리도 다 경험해 보지 않았는가.

할 일은 자명하다. 옆집 아이에게 돌렸던 눈을 내 아이의 눈높이에 맞추면 된다. 위에서 내려다보거나 외면하거나 옆에서 째려보지 말고 아이와 같은 위치로 몸을 낮춰 나란히 마주보기만 하면 된다(말은 쉽지만 세상에서 가장 어려운 일 중 하나다). 내 마음속 불안이 아이와의 눈맞춤을 불쑥불쑥 방해하려 하겠지만 어쨌든 그건 아이의 불안이 아닌 내 불안이다.

어른이 자신의 불안을 아이에게 쏟아낼 필요는 없다. 그건 내가 진 집 담보 대출이 버거우니 자식인 너도 함께 갚자며 닦달하는 것과 다르지 않은 일인지도 모른다. 내가 가진 불안을 아이에게 투영하는 측면에서 보면 말이다.

상대방의 생각 없이 뱉는
말과 배려 없는 행동은 내가
마음 썼던 모든 것이 의미를
잃어 가벼워지게 한다.

황희원, 『사랑한다』
(경향BP, 2018)

발달장애인 아들과 거리에 나서면 가끔 비장애인인 내가 '위로' 받지만, 다른 유형의 장애인은 본인이 직접 '위로'를 받는다고 한다. 문제는 '위로'라고 건네는 말이 비수가 되어 당사자의 가슴을 후벼 판다는 데 있다. 위로하는 내가 앞선 나머지 상대방을 배려하지 않기에 일어나는 일이다.

"젊은 청년이 어쩌다 이렇게 됐어요? 잘 생겼는데 안 됐네. 쯧쯧쯧."

"어린애가 휠체어를 타네? 쯧쯧. 힘내서 열심히 살아."

우리나라 장애인 중에 약 88퍼센트가 후천적 장애인이다. 아들과 같은 선천적 장애는 소수다. 장애는 남녀노소 가리지 않고 누구에게나 찾아올 수 있다는 뜻이다.

중도 장애를 겪게 된 사람들은 힘든 시기를 거친다. 장애가 있는 삶에 익숙해져야 하고 달라진 몸에 적응해야 한다. 비장애인으로 살 땐 겪어 본 적 없는 '시선과의 싸움'도 시작해야 한다. 쉽지도 짧지도 않은 그 과정을 거치고 다시 세상 속에서 살기 위해 집밖으로 나와 대중교통을 이용하는데 자신을 처음 보는 사람이 동정이 배려인 줄 알고 혀부터 끌끌 차면 어떨까.

나이가 어린 경우에는 동정이 배가 되기도 한다. 사회적 협동조합 '무의'('장애를 무의미하게'라는 의미다)를 만든 홍윤희 대표이사는 휠체어에 탄 딸과 함께 거리에 나섰다가 처음 보는 사람에게 "어린 나이에 안 됐다"며 천 원 짜리 한 장을 받은 적도 있다고 한다. 아무리 긍정적인 사람이라도 이런 일을 한 번씩 겪으면 힘이 쫙 빠진다.

상대를 있는 그대로 존중하는 배려의 언어를 찾지 못했다면 차라리 그 앞에서 침묵하는 게 낫다. 침묵하면 적어도 상처는 주지 않는다.

결국 누군가의 생각이나 성취를
인정하더라도 그의 태도에
상처를 받거나 불쾌감을
느낀다면 더 중요하게 보아야
할 것들을 더는 보지 않고
고개를 돌려 버리게 됩니다.

한동일, 『라틴어 수업』
(흐름출판, 2017)

한파가 매서웠던 지난겨울의 어느 날, 어느 출판사 직원을 만나기로 했다. 약속 시간에 맞춰 미팅 장소에 도착했고 메시지를 보냈더니 조금 늦을 것 같다는 답변이 왔다. 천천히 오라며 기다리는데 한 시간이 넘도록 연락이 없다가 70분이 지나서야 나타났다. 화를 내거나 먼저 자리를 떠났어야 했는데 그러지 못했다. 게다가 뒤늦게 나타난 그가 제안한 일까지 수락해 버렸다.

그로부터 일주일 동안 침체된 기분에서 헤어 나오지 못했다. 나를 존중하지 않은 이에게 얼마든지 그러라며 나 자신을 내어 준 기분 때문이었다. 나를 존중하지 않아도 된다는 걸 내가 허락해 버린 탓이다. 일보다 중요한 건 나 자신인데, 내가 존중받는 것인데.

침체를 벗어나기로 했다. 그에게 내가 느끼는 솔직한 마음을 전했다. 나를 존중하는 사람과 함께 일하고 싶다고 했다. 솔직한 마음을 전하자 솔직한 답변이 왔다. 진심이 담긴 사과를 비로소 받았다. 마음이 자유로워졌다. 스스로 내놓았던 존중감을 다시 지킨 기분이었다. 타인이 존중해 주지 않은 나를 나마저 방치했다는 느낌에서 벗어났다.

배려는 존중에서 시작된다. 약속 시간보다 70분을 늦으며 중간에 메시지라도 한 통 보냈으면 우리 관계는 지속되었을 것이다. 많이 늦을 것 같으니 추운 밖에서 떨지 말고 어디든 들어가서 기다리라는 작은 배려의 연락 한 통, 그 간단한 연락만 있었어도 관계의 이음줄은 끊어지지 않았을 것이다. 작은 한 줌의 배려, 그 사소한 실천이 관계의 이음줄을 끊기도 붙이기도 한다.

누군가 그랬다. 우리가 사는
이곳이 지옥이 된 이유는
악마들이 나쁜 짓을 해서가
아니라 우리가 아무것도 하지
않았기 때문이라고.

서미애, 『당신의 별이 사라지던 밤』
(엘릭시르, 2018)

어떤 일을 적극적으로 하는 것만이 배려가 아니다. 눈앞에서 일어난 일을 보고도 모른 척하지 않는 것, 내 일이 아니라고 눈 감지 않는 것도 배려다.

눈이 번쩍 뜨이는 짧은 웹툰을 봤다. 배한나 작가의 「내가 성폭행할 때 모른 척해 줘서 고마워」란 제목의 웹툰이다. 지하철에서 누군가 여성의 신체를 몰래 촬영할 때 모른 척해 줘서 고마워. 회식 자리에서 상사가 부하 직원에게 불쾌한 신체 접촉을 할 때 모른 척해 줘서 고마워. SNS 단체 채팅방에서 불법 영상을 돌려 볼 때 비밀 지켜 줘서 고마워. 정신을 잃은 여성이 숙박업소로 끌려가는 모습을 보고도 네 일이 아니라고 무시해 줘서 고마워. 이런 메시지를 적나라하게 담고 있었다.

그랬다. 범죄로 이어지는 많은 일은 그 일이 일어나기까지 눈감고 침묵해 준 많은 이들의 '협조'가 있었기에 가능했다. 장애인 거주 시설에서 발생한 폭행 사건이 뉴스에 나오기 전까지는 폭력 상황을 수없이 마주하고 눈감은 채 모른 척한 주변 비장애인의 협조가 있었다. 어린이집의 말도 안 되는 급식 상황이 언론에 공개되기 전까지는 처음부터 처참했던 식단을 알고 있었으면서도 아무 문제 제기를 하지 않았던 어른들의 협조가 있었다. 가족 간 살해로 목숨을 잃은 이들의 소식이 세상에 전해지기 전까지는 남의 집 일이라며 상관하지 말자는 이웃의 무관심한 협조가 있었다.

우리가 모른 척하고 못 본 척할 때, 남의 일이라고 상관하지 말자고 할 때, 악은 그 틈을 파고든다. "모른 척해 줘서 고마워"라고 말하며 모르는 사람을 해치고 내 이웃을 해치다 급기야 나와 내 가족에게까지 마수를 뻗친다.

아무 일도 하지 않을 때 우리는 공범이 된다. 불의에 침묵하지 않는 것도 배려다.

우리는 몇 가지 단서를 설렁설렁
훑어보고는 다른 사람의 심중을
쉽게 들여다볼 수 있다고 여긴다.
낯선 이를 판단하는 기회를
덥석 잡아 버린다. 물론 우리
자신한테는 절대 그렇게 하지
않는다. 우리 자신은 미묘하고
복잡하고 불가해하니까. 하지만
낯선 사람은 쉽게 이해할 수
있다고 생각한다.

말콤 글래드웰, 『타인의 해석』
(유강은 옮김, 김영사, 2020)

누군가로부터 마음의 상처를 받으면 미운 마음이 먼저 든다. 화도 나고 꼴도 보기 싫다. 본디 나쁜 사람이라 그랬을 것이라 단정 지어 버리고 싶다. 하지만 요즘의 난, 가끔은 그의 입장이 되어 달리 생각해 보려고 노력한다.

'지도 살려고…….'

지도 살려고 그랬을 것이라며 생각을 바꿔 보는 것이다. 처음부터 그러진 않았겠지. 그 또한 마음이 불행했기에 어떻게든 자신이 살기 위해 그리 행동했겠지. 생존보다 중한 게 뭣이 있간디.

사실 이 말은 이와는 다른 상황에서 처음 들었던 말이다. 발달장애가 있는 아들이 너무 예쁘다, 귀염귀염 열매를 먹은 건지 내 눈에 콩깍지가 씌인 건지 미운 짓을 해도 예쁘기만 해서 죽겠다 했더니 누군가 그랬다. "지도 살려고……."

그 순간엔 말문이 턱 막혔지만 '아. 그럴 수 있겠다' 생각했다. 쌍둥이로 태어났는데 원래대로라면 딸을 기대했던 부모는 누나를 편애했을 가능성이 크다. 더군다나 본인은 발달장애까지 있다. 자신이 처한 환경에서 살아남기 위해선 귀염귀염 열매를 먹을 수밖에! 의도했든 의도하지 않았든 생존을 위해 필요한 아이템을 본능적으로 장착한 것이다.

우리 자신의 현재 모습은, 각자가 처한 환경 속에서 살아남기 위해 선택한 최적의 모습일 것이다. 미워서 꼴 보기 싫은 누군가도, 예뻐 죽겠는 아들도, 모두 살기 위해 그리되었다 생각하면 모든 걸 쉽게 단정 짓지 않게 된다. 살기 위한 발버둥으로 이해하면 그의 상황까지도 배려할 마음의 여유가 생긴다.

지도 살려고 그런 거다. 우리 모두는 저마다 살기 위해 애쓰고 있다.

다윈은 루미가 말한 '후줄근한
옷'을 찾느라 한 시간 넘게
옷장 앞에서 헤매고 있었다.
(……) 사실 '후줄근한' 느낌이
어떤 것인지를 정확하게 알지
못한다고 하는 게 더 옳았다.

박지리, 『다윈 영의 악의 기원』
(사계절, 2017)

나는 가난하다는 말을 참 쉽게 한다. 노후 자금을 모아 놓기는커녕 은행 대출금만 왕창 있고, 부부가 열심히 일하지만 어디로 빠져나가는지 모르게 매달 통장이 텅 비어 버리니 가난하다고 해도 틀린 말은 아니다. 하지만 나의 가난은 '진짜 가난'이 아니다. 잘 먹는데 더 잘 먹지 못해 가난하다 하고, 잘 입는데 더 잘 입지 못해 가난하다 하고, 따뜻한 집이 있지만 집이 더 크지 않아 가난하다 했다. 이건 진짜 가난이 아니다.

사실 진짜 가난은 모른다고 해야 맞다. '부자'라는 말을 떠올리면 머릿속에 그들의 삶이 쉽게 그려지지만 절대 빈곤의 삶을 그리라면 떠오르는 이도 없을뿐더러 상상조차 잘 되지 않는다. 영화나 드라마에서 본 장면들이 생각나지만 단편적인 이미지일 뿐 연속되는 일상의 모습은 아니다. 절대 빈곤의 이미지는 내게 추상적이고 모호하다. 진짜 가난을 모르니 그 무게를 알지 못해 가난하다는 말을 속도 없이 쉽게 해 왔다.

가볍게 내뱉던 가난이라는 말을 돌아보며 가난을 알고 배려하기 위해서는 가난한 삶의 모습을 알아야 한다는 생각이 들었다. 알고 이해해야 한다. 배려는 상대적 빈곤을 겪는 이들보다 절대적 빈곤 상태에 있는 이들이 더 절실할 것이기에.

가난을 모르고 알려고 하지도 않으면서 선한 마음에서 '배려'만 하다간 자칫 값싼 동정이 될 수도 있다. 그런 동정은 상황에 따라선 상대의 존재성을 흔드는 잔인한 폭력이 된다.

네가 나에게 그렇게 해 주었기
때문에 나도 다른 사람에게
할 수 있었어.

조현아, 『연의 편지』
(손봄북스, 2019)

인류 역사는 코로나 이전과 이후로 나뉠 것이라는 말에 동의한다. 세계를 강타한 신종 전염병은 일상을 많이 바꿀 것이다. '새로운 일상'과 '일상의 변화'라는 말은 이번이 끝이 아니라는 것을 전제한다. 바이러스는 잠잠해졌다가도 언제든 다시 확산될 수 있고 백신을 개발해 눈앞의 고비를 넘기더라도 얼마든지 다른 바이러스가 새로운 위기를 가져올 수 있다. 또 어떤 바이러스가 우리를 공격할까? 그때는 진원지가 어디일까? 사람들은 흔히 이런 이야기를 주고받지만 문제는 바이러스가 아니다. 그건 전문가들이 밝혀야 할 영역이고 우리는 다른 고민에 집중해야 한다. 어떤 바이러스가 닥치든 그 안에는 매일을 살아가는 '사람'이 있다는 사실이다.

사회적 거리두기가 한창일 때 '이탈리아 할머니의 코로나 극복법'이라는 영상이 화제가 되었다. 한번쯤 찾아보기를 추천한다. 손을 자주 씻고 기침할 때는 입을 가리라며 어디서나 들었던 '잔소리'에서 시작되는 영상은 이내 두고두고 남을 명언을 전한다. "코로나로 인한 인종 차별은 절대 안 된다. 남을 차별하면 너도 차별당한단다. 누구도 차별당하는 건 원하지 않지. 코로나가 중국 탓이라고? 또 다른 병은 아프리카 탓이고? 명심해라. 코로나는 결국 사라질 테지만 차별은 영원히 남는다. 차별에는 치료제가 없단다."

이즈음 대구에 사는 SNS 친구가 글을 올렸다. "대구에도 사람이 살아요. 벌레들만 살지 않아요." 짧은 문장이지만 그동안 여론에 상처 입은 마음이 고스란히 읽혔다. 이다음 전염병은 서울에서 시작될 수도 있고 제주에서 퍼져나갈 수도 있다. 남을 차별하면, 그런 문화가 정착되면, 이다음엔 내가 차별받는 게 당연해진다. 하지만 이런 상황에서도 남을 배려하면, 그런 문화가 정착되면, 그다음엔 나 역시 배려받게 된다.

사소하다고 생각해서 편하게
말하고 편하게 행동하다 보면
그게 왜 문제인지 둔감해지기
마련이야.

김청연,『왜요, 그 말이 어때서요?』
(동녘, 2019)

서글서글하게 웃는 인상이 매력적인 『비마이너』 김도현 대표의 강의를 들었다. 장애인식 '개선'이 아닌 장애인식 '전환'이라는 말로 바꿔야 한다는 말에 무릎을 탁 쳤다.

그렇다. 개선이 아닌 전환이어야 한다. 당연하다는 듯 '장애인식 개선'이라는 말이 사용되고 있어서 그 말 안에 깃든 위화감을 발견하지 못했다.

개선은 잘못된 것을 고쳐 좋게 만든다는 뜻이다. 장애인식 개선 교육이라 하면 사람들의 잘못된 인식을 고치는 교육이 된다. "당신들은 잘못하고 있다"가 전제 조건이 된다.

잘못을 지적받았을 때 "네 얼른 고치겠습니다"라며 곧바로 시정할 사람은 많지 않다. 자신을 보호하려는 방어벽이 먼저 작동한다. 애정 없는 지적질엔 삐딱하게 나가는 것으로 돌려주고픈 심리가 작동하기 마련이다.

전환이 되면 상황이 달라진다. 전환은 다른 방향이나 상태로 바꾼다는 뜻이다. 즉 장애에 대해 갖고 있던 기존 생각을 다른 관점으로 바꿔 보자는 '권유'의 뉘앙스가 포함된다.

개선에서 전환으로 한 단어가 바뀌었을 뿐인데 새로운 국면이 펼쳐진다. 잘못을 지적당하지 않으니 방어벽을 치지 않아도 된다. 죄책감을 자극하지 않으니 마음도 활짝 열린다. 용어 하나를 바꿨을 뿐인데 관계에서 배려가 생겨났다.

감각이 예민하다고 문제 있는
사람이 아니랍니다. 모르면
오해하지만 알면 이해가 돼요.

지석연(작업치료사, SISO감각통합상담연구소 소장)

많은 발달장애인이 감각의 어려움(특정 감각이 민감하거나 둔감하거나)을 겪는다. 최근 한국 영화에서는 『증인』이 이런 모습, 즉 비장애인이 듣지 못하는 소리를 듣고 비장애인이 보지 못하는 것을 보는 자폐성 장애인의 모습을 그렸다.

비장애인에게는 이런 모습이 낯설게 느껴진다. 청각이 예민한 발달장애인이 지하철에서 자기 귀를 두드리며 소리를 차단하려 애쓸 때 그를 '자신의 귀를 때리는 이상한 사람'이라 생각하고, 시각이 예민한 발달장애인이 시각 자극을 최소화해서 자신을 지키려 할 때 '눈 맞춤조차 안 하는 마음을 닫은 존재'로 보며 문제 있는 사람이라 인식한다. 반대의 경우도 있다. 감각의 민감도를 우상화시켜 마치 초능력자라도 되는 듯 신기하게 보는 것이다. 그러나 알고 보면 감각의 문제는 발달장애인에게만 있는 것이 아니다. 정도의 차이만 있을 뿐 비장애인에게도 있다. 그것의 정체, 존재를 모르고 있을 뿐이다.

SISO감각통합연구소 지석연 소장에 따르면 특정 감각이 평균에 비해 민감하거나 둔감한 사람이 전체 인구의 약 20퍼센트라 한다. 목을 조이는 폴라 티를 못 입는 사람은 촉각 방어가 예민하게 작용해서 그렇고, 물컹한 음식(물에 빠진 고기 등)을 못 먹는 사람은 물컹한 감각을 뇌의 보호계가 방어해서 그렇다고 한다. 남편은 회전목마만 타도 어지러움을 느낀다. 한강 다리를 걸으면 흔들림이 느껴진다고 하는데 짓궂은 마음에 일부러 다리 위에서 뛰었다가 부부싸움이 난 적도 있다.

이렇듯 발달장애인이 겪는 감각의 어려움은 비장애인도 흔히 겪는 보편적인 것이다. 정도의 차이만 있는, 어쩌면 인간이기에 겪는 자연스러운 현상이다. 이상하거나 문제 있는 사람이어서 겪는 것이 아니다.

모르면 오해하지만 알면 이해할 수 있다. 이해하고 배려할 수 있게 된다.

편견을 깨는 것은 원자핵을
쪼개는 것보다 더 어렵다.

알베르트 아인슈타인(과학자)

"정신질환자가 아닌 정신장애인입니다. 사람을 병명으로 부르는 경우는 있을 수 없습니다."

커뮤니티케어 연구회 '함께라온'의 1주년 뒤풀이 자리에서 열심히 치킨을 먹고 있을 때다. 원주에서 의료사협(의료복지사회적협동조합) 활동을 하는 김종희 선생님이 사람을 질환명으로 부르는 경우는 있을 수 없는데, 유독 정신장애인에 대해서는 그러고 있다는 말을 했을 때 치킨이 목에 걸릴 뻔했다.

그랬다. 나는 당뇨가 있지만 아무도 나를 '당뇨질환자'라 부르지 않는다. 상대에게 중요한 건 나지 내 당뇨에는 관심조차 가지지 않는다. 하지만 정신질환의 경우는 다르다. 정신과에서 진단 코드를 받는 순간 사람이 질환명으로 규정된다. 질환이 전면에 놓여 강조되고 사람은 뒷전으로 밀린다. 마치 배제를 위한 사전 준비 단계처럼 사람들은 그 사람을 질환의 틀 안에 가두고 정신질환자, 정신병자라 부르며 예비 범죄자라도 된 듯 대한다. 언론 역시 무슨 사건만 터지면 정신질환을 앞세운다. 이러면 증상을 숨길 수밖에 없다. 사람보다 질환이 앞설 때 당사자는 자기 증상을 당당히 관리할 수 없게 된다.

사회 전반의 인식이 바뀌어야 한다. 발달장애인 아들이 언어치료실을 다니는 게 자연스럽고 지체장애인이 재활 치료를 받는 게 자연스럽듯, 정신장애인이 병원에 다니거나 다양한 사회적 참여를 통해 자기 증상을 관리하는 게 자연스러워야 한다. 정신질환자가 아닌 정신장애인으로 불려야 할 이유다.

장애는 그게 어떤 유형이든 관리하고 지원받고 적응하면 된다. 극심한 우울감에 몸부림쳤던 과거의 나 역시 우울증 있는 정신장애인이었다. 지금은 '중독자'다. 야식 중독자. 넷플릭스 중독자. SNS 중독자. 어디 나뿐이랴. 이런 정신장애에서 자유로운 사람은 없다. 하지만 그뿐. 아무도 나를 중독자라 부를 권리는 없고 중독이 나를 규정할 수도 없다.   201

사물이나 사건은 그 자체로 좋거나 나쁘거나, 옳거나 그르거나, 추하거나 아름답지 않다. 사물과 사람에 색깔을 더하기도 하고 빼기도 하는 것은 특정한 시각을 가진 우리 자신이다.

로버트 그린, 『인간 본성의 법칙』
(이지연 옮김, 위즈덤하우스, 2019)

"장애인으로 낳아서 미안해"라는 부모의 애정 어린 죄책감 속에는 장애 혐오가 숨어 있다.

'그것이 뭔 소리여? 부모의 숭고한 사랑을, 자식을 위한 희생을 장애 혐오로 치부하다니. 이 나쁜 사람아! 당신이 내 심정을 알아?' 처음 이 말을 듣고는 발끈 화가 났는데 곰곰 생각하니 수긍할 수밖에 없다. 미안하다는 얘기는 부모로서 자식에게 '나쁜 것'을 주었다는 뜻이기 때문이다. 부모의 마음이 미안함에 머무는 한 장애는 나쁜 것이 된다. 부모가 장애를 나쁜 것으로 인식하니 당사자인 자식도 자기 몸에서 나쁜 것을 벗겨 내려 애쓴다. '내 몸에서 빨리 없어져 버려!'

하지만 장애는 없어지는 게 아니고, 그 나쁜 것을 마치 낙인처럼 몸에 지닌 당사자는 사춘기를 보내며 자기 부정에 직면한다. "왜 나를 장애인으로 낳았어!" 원망하는 자식 앞에서 부모는 말문이 막힌다.

흔히 "장애는 개인의 상태이자 특성"이라는 말을 한다. 맞는 말이지만 와닿지 않는다. 그런데 문장 뒷부분, '상태'와 '특성' 자리에 특성을 뜻하는 영어 단어 '캐릭터'를 넣어 읽어 보면 어떨까. "장애는 캐릭터다." 돌고래 소리를 잘 내는 캐릭터, 제자리 뛰기를 즐기는 캐릭터, 목발의 달인 캐릭터, 휠체어 달리기의 장인 캐릭터. 평등할뿐더러 유쾌한 느낌마저 들고 무엇보다 의미도 잘 와 닿는다.

장애는 우울하고 심각할 일이 아니며 미안할 일도 아니다. 얼마든지 유쾌하게 받아들일 수 있는 개인의 상태다. 장애가 이렇게 단지 캐릭터가 될 때, 장애인과 장애 아이 부모와 우리 모두가 이렇게 생각할 때가 비로소 우리 모두 장애 혐오에서 자유로워지는 때일 것이다.

사랑이나 행복은 자신에게
충분히 준 다음 자연스럽게
남에게 흘러가는 것이에요.

김하온(래퍼)

명상 래퍼 김하온. 고등학생 랩 경연 프로그램에서 처음 그를 보았다. 10대 청소년이 하는 말마다, 내뱉는 가사마다 깊이가 남달라 깜짝 놀라곤 했는데, 다른 방송에 출연한 것을 보고 또 한 번 감탄했다. 시청자가 스튜디오에 나와 고민을 이야기하면 패널과 방청객이 의견을 내어 고민을 해결해 주는 프로그램이었다. 발달장애인 오빠를 돌보기 위해 학교를 자퇴하겠다는 딸이 고민이라는 사연이 소개됐다. 그러자 그가 "사랑이나 행복은 자신에게 충분히 준 다음 자연스럽게 남에게 흘러 들어가는 것"이라 이야기했다. 탄성이 절로 나왔다.

많은 장애 아이 부모가 비슷한 문제로 고민한다. 자식을 위해 살아야만 좋은 부모인 것 같고 내 행복은 찾고자 생각하는 것만으로도 죄책감을 느낀다. 자식을 위해 할 수 있는 최선의 배려는 자신의 행복을 최대한 억누르고 희생하는 것이라 믿는다.

나에게도 그랬던 시기가 있다. 그것이 옳다고 믿었다. 옳았을지언정 그때 나는 불행했고 곧잘 울거나 소리를 질렀다. 내가 희생하는 만큼 아들이 답해 주기도 내심 기대했다. 하지만 발달이 느린 아들 앞에서 기대는 번번이 실망이 됐고 실망은 분노가 되어 다시 아들과 가족에게 돌아가곤 했다.

상황이 바뀐 건 내가 먼저 행복하기로 결심하고 나서다. 장애 아이 엄마로는 큰 결단을 내려야 했지만 과감히 그편을 선택했다. 그러자 많은 게 변했다. 아이러니하게도 내 행복을 먼저 찾기로 한 것뿐인데 가족 모두의 행복지수가 함께 올랐다.

내가 가진 것이어야 남에게도 줄 수 있다. 사랑도 행복도 배려도 마찬가지다. 빈 우물에서 건질 것은 공허뿐이다. 나는 불혹의 나이에, 그것도 오랜 시간 시행착오를 거쳐 깨달은 사실을 이 젊은이는 벌써 알고 있다니, 다시 생각해도 놀랍다. 흥해라, 명상 래퍼!

우리는 인생을 조절할 수 없다.
그러나 인생의 위기에 대한
반응은 조절할 수 있다.

배철현, 『정적』
(21세기북스, 2019)

097

광화문 광장에 갔더니 무료로 가훈을 써 주는 행사가 한창이다. 즉석에서 가훈을 만들었다. "개인의 장애는 인생의 장애가 아니다." 지난 십 년간 변화된 내 생각의 정수가 이 한 문장에 모두 담겼다. 이런 인식의 변화가 생기기까지는 많은 경험이 뒷받침되었지만 무엇보다도 '함께라온' 멤버이기도 한 작업치료사 지석연 선생님의 역할이 컸다. 그의 ICF 강의를 듣고 흩어져 있던 생각이 통일성 있게 정리되었다.

ICF는 WHO에서 권장하는 '국제기능·장애·건강분류'로 International Classification of Functioning, Disability and Health의 약자다. 장애 진단 코드를 내리기 위한 조사표 정도로 이해하면 될 듯하다. 우리나라 병원에서는 아직 ICF를 사용하고 있지 않다. ICF에 따르면 한 사람의 건강(장애)은 신체기능으로만 판단할 수 없다. 신체기능 외에 활동, 참여, 환경, 개인 요인이 다각도로 조화를 이루어야 한다. 신체 기능만을 부각한 기존 의학적 관점에서 아들은 건강하지 못한 장애인이지만 ICF 관점에서는 그렇지 않다. 신체 기능은 삶을 구성하는 5개 요소 중 하나일 뿐이며 나머지 요인이 향상되면 아들은 건강한 인간으로서의 삶을 살아갈 수 있다.

ICF는 모두에게, 다양한 상황에 적용할 수 있다. 누구나 인생에서 각기 다른 형태의 장애(질병, 이혼, 실직, 파산, 사기, 사고 등)와 맞닥뜨리는 순간이 있다. 그럴 때마다 인생 다 끝난 듯 절망감에 사로잡혀 스스로 삶에 장벽을 치기도 하는데 그럴 필요가 없다. 건강한 삶은 하나의 요소로 규정되는 게 아니니까. 개인의 장애는 인생의 장애가 아니다. 장애는 개인에게 있는 하나의 요소일 뿐이다. 내 당뇨가 내 인생의 장애가 아니고 친구의 이혼이 친구 인생의 장애가 아니듯, 아들의 장애도 우리 모두의 장애도 마찬가지다.

갈등에는 많은 원인이
있지만 가장 큰 건 서로의
다름을 틀림으로 인식하는 데
있습니다. 우리 모두가 다른
존재라는 걸 인정할 때
나의 다름도 존중받을 수
있습니다.

백영옥, 『그냥 흘러넘쳐도 좋아요』
(아르테, 2018)

아들과 지하철을 탔다. 타는 순간 아차 싶었다. 출근 시간을 넘긴 열차는 한가했고 사람들은 모두 앉아 있었다. 텅 빈 내부에 들어서자마자 마음껏 돌아다니며 놀고 싶어 반짝거리는 아들의 눈빛을 봤다. 고민했다. 아들 손을 놓을까 말까. 놓았다. 이미 마음이 동한 아들을 억지로 제지하면 "우왕" 하며 발버둥으로 답할 것이고 사람들은 20분 이상 아들의 고성을 들어야 한다. 순간 이런 생각이 들었다. '여러분, 열 살짜리 발달장애 어린이가 내는 소리 들어 본 적 있나요? 행동은요? 없으시죠? 그럼 오늘 한 번 경험해 보실래요?'

엄마로부터 풀려난 아들은 뛰듯 걷듯 지하철 안을 돌아다녔고 난 아들 뒤를 졸졸 따라다녔다. 아들의 움직임에 따라 지하철 안 모든 시선이 함께 움직였다. 5분이었다. 아들이 더 이상 시선을 받지 않게 되기까지 걸린 시간. 5분 후 아들은 지하철 안의 당연한 풍경이 되어 있었다. 스마트폰을 보는 사람, 등산복을 입은 아저씨, 큰소리로 통화하는 아줌마 그리고 "우이 우이" 하며 즐거워하는 발달장애 어린이가 모두 하나의 풍경으로 어우러져 있었다.

어떻게 해야 장애인을 배려하는 것이냐는 질문을 받는다. 나는 그냥 풍경이 되면 된다고 한다. 지하철 안의 풍경을 머릿속에 그릴 때 "우이 우이" 하는 발달장애 어린이가 당연한 듯 그려지면 되고, 식당이나 극장에 휠체어 탄 지체장애인이 있는 게 당연한 풍경이 되면 된다. 직장에선 정신장애인이 병원에 가기 위해 반차를 내는 게 당연한 풍경이 되고, 치매 걸린 노인이 마을 안에서 자유롭게 활보하는 풍경이 당연한 일상이 되면 된다.

서로 다른 모두가 당연한 듯 어우러져 공존하는 풍경, 배려 있는 사회의 모습은 바로 이런 것이 아닐까.

힘든데 힘내라?
이게 참 어려운 거거든요.
내가 힘든데 힘내라고 하면
힘이 납니까?
아니죠? 그죠?
그러니까 힘내라는 말보다
'사랑해'라고 해 주고 싶습니다.

펭수, 『오늘도 펭수 내일도 펭수』
(놀, 2019)

힘들어 죽겠는데 "힘내"라는 말을 들었다고 해서 당장 힘낼 사람은 없다. 말 한마디로 힘이 난다면 세상에 힘든 사람이 어디 있을까. 게다가 "힘내"라는 말은 "언제 밥이나 한 번 먹자"라는 말처럼 허공에 흩어지며 진심으로 가닿지 않는 경우가 많다.

"친구야 사랑해! 친구들아 사랑해"라는 말을 종종 하는 친구가 있다. 처음엔 놀랐다. 사랑이라니. 나도 너를, 친구를 사랑하지만 부끄러워 입 밖으로는 꺼내지 못하는 얘기다. 그런데 너무 힘들었던 어느 날, 그 친구에게 "사랑해"라는 말을 듣고 눈물이 핑 돌았다. 고마웠다. 사랑받는 게 너무나 당연해서 사랑이 사랑인 줄도 모를 때, 사랑받고 있다고 너는 나에게 소중한 사람이라고, 상기시켜 준 것이다.

친구의 "사랑해"라는 말은 존재 자체를 사랑한다는 의미다. 특별한 누구여서가 아니라, 무엇을 소유해서가 아니라, 그냥 나여서 그게 바로 너여서 사랑한다는 뜻이다. 존재를 감싸 안는 배려의 말 가운데 가장 강력한 것은 사랑한다는 고백이다. 힘들 때 힘이 나게 하는 건 외부의 응원이 아니다. 스스로 힘내서 일어서야 진짜 힘을 낼 수 있는데 그럴 수 있도록 동기부여하는 말이 "사랑해"다. 나는 누군가에게 사랑받는 존재라는 위로와 확신이 스스로 일어설 힘을 준다.

남편과 아이들에게는 사랑한다는 말을 자주 하지만 친구들에겐 사랑한다는 말을 하는 게 부끄러웠고 부모와 형제자매에겐 그런 말을 하면 오글거려서 큰일이라도 날 것만 같았다. 이 자리를 빌려 먼저 고백해 본다. 다음에는 용기 내서 직접 말할 수 있도록.

아빠 엄마 사랑합니다. 웅선아 지연아 사랑한다. 친구들아 사랑해!

모든 선택에는 정답과 오답이
공존합니다. 지혜로운 사람은
선택한 다음에 그걸 정답으로
만들어 내는 것이고 어리석은
사람은 그걸 선택하고
후회하면서 오답으로 만들죠.

박웅현, 『여덟 단어』
(북하우스, 2013)

문장 한 줄의 힘이 얼마나 될까. 사실 출간 제안을 받고도 반신반의했다. 그런데 배려의 말들을 찾기 시작하고 삶 주변을 하나하나 돌아보면서 가슴속에 품은 문장 하나가 얼마나 큰 힘을 발휘하는지 비로소 알게 됐다.

싸이월드가 한창이던 시절, 동생 미니홈피에 들어갔다가 깜짝 놀랐다. 인생은 매 순간 선택으로 이루어지는데 어리석은 사람은 현명한 선택도 어리석은 결과로 이어지게 하고, 현명한 사람은 어리석은 선택에서도 최고의 결과를 끌어낸다는 말이 대문에 쓰여 있었다. 언니인 나는 "아, 가을이라 외롭당~ 힝힝힝" 같은 말이나 걸어 놓고 있었는데. 인상적이었는지 그때 그 말이 가슴에 와서 박혔다. 살면서 어리석은 선택을 하는 경우는 수없이 있었다. 내 선택이 후회되려고 할 때마다 그 말을 생각했다. 잘못된 선택도 잘된 선택으로 바꾸고 말겠다는 오기도 생겼다.

그로부터 20여 년이 지났다. 후회라는 감정을 느끼는 횟수가 많이 줄었다. 이불킥 해야 할 것만 같은 마음이 들 때마다 '아니야, 오히려 좋을 수도 있어'라며 생각을 달리한 덕이다. 아무리 찾아도 좋은 점이 없을 때는 그 상태 그대로 최선의 결과라도 끌어내려고 노력했다.

문장 하나를 마음에 품고 삶이 바뀌었다. 더 정확히 말하면 삶을 대하는 태도가 바뀌었다. 과거에 연연하고 수시로 후회하며 스스로를 괴롭히는 일이 줄었다. 자신에게 관용적인 사람이 되면서 내가 나를 배려하기 시작했다. 중요한 일을 앞두고선 이마빡에 불을 켰다. 누군가의 보물이 되기 위해 나 자신을 사랑했다.

가슴에 품은 문장 하나 하나가 내 삶의 버팀목이 되었던 것처럼, 이 책을 읽는 독자도 그러길 바란다. 가슴에 품을, 깊숙이 와 닿는 문장 하나씩 찾아갈 수 있길 바라 본다.

배려의 말들

: 마음을 꼭 알맞게 쓰는 법

2020년 6월 4일   초판 1쇄 발행
2023년 7월 14일   초판 7쇄 발행

지은이
류승연

펴낸이	**펴낸곳**	**등록**	
조성웅	도서출판 유유	제406-2010-000032호 (2010년 4월 2일)	
	주소		
	경기도 파주시 돌곶이길 180-38, 2층 (우편번호 10881)		

전화	**팩스**	**홈페이지**	**전자우편**
031-946-6869	0303-3444-4645	uupress.co.kr	uupress@gmail.com
	페이스북	**트위터**	**인스타그램**
	facebook.com	twitter.com	instagram.com
	/uupress	/uu_press	/uupress

편집	**디자인**	**마케팅**	
사공영	이기준	전민영	

제작	**인쇄**	**제책**	**물류**
제이오	(주)민언프린텍	다온바인텍	책과일터

ISBN 979-11-89683-40-5 03810